Ведьма

契诃夫小说选集

A. ЧЕХОВ

巫婆集

〔俄〕契诃夫　著

汝龙　译

人民文学出版社

图书在版编目（CIP）数据

契诃夫小说选集．巫婆集/（俄罗斯）契诃夫著；汝龙译．—北京：人民文学出版社，2021
ISBN 978-7-02-012923-2

Ⅰ.①契… Ⅱ.①契…②汝… Ⅲ.①短篇小说—小说集—俄罗斯—近代 Ⅳ.①I512.44

中国版本图书馆CIP数据核字(2017)第134345号

策划编辑	张福生
责任编辑	李丹丹
装帧设计	刘　静
责任印制	王重艺

出版发行	人民文学出版社
社　　址	北京市朝内大街166号
邮政编码	100705
网　　址	http://www.rw-cn.com
印　　刷	三河市博文印刷有限公司
经　　销	全国新华书店等
字　　数	116千字
开　　本	787毫米×1092毫米　1/32
印　　张	8.25
印　　数	1—3000
版　　次	2021年4月北京第1版
印　　次	2021年4月第1次印刷
书　　号	978-7-02-012923-2
定　　价	32.00元

如有印装质量问题，请与本社图书销售中心调换。电话：010-65233595

新版说明

上世纪五十年代初,汝龙先生根据加尼特夫人的英译本翻译的《契诃夫小说选集》开始以简装小丛书形式陆续出版发行,至1965年,共出版了二十七集,收入二百余篇契诃夫的小说。这套选集每集取名活泼引人,且便于携带阅读,很快在读者中普及开来,并产生了广泛深远的影响,成为许多契诃夫爱好者的珍爱收藏。

应众多读者要求,人民文学出版社决定重印这套选集。此次印行,仍延续旧版的选目编排,除个别集名因译文修订有所变更,其余保留了原来单本的书名。此外,现将原来的竖排按现今读者的习惯,改成横排,译文也替换为汝龙先生生前根据俄文本重新校订的译文。

原版中散见几篇汝龙先生撰写的文章,为便于读者查找研究,现精选出来,一并排入《打赌集》中。

人民文学出版社

2017 年 10 月

目　　次

契诃夫和他的小说 ………………… 汝龙 1

巫婆 ……………………………… 1

村妇 ……………………………… 28

邮件 ……………………………… 56

新别墅 …………………………… 69

芦笛 ……………………………… 100

阿加菲娅 ………………………… 117

大学生 …………………………… 140

猎人 ……………………………… 148

幸福 ……………………………… 159

契诃夫和他的小说

汝 龙

一

安东·帕夫洛维奇·契诃夫是十九世纪末俄罗斯的批判现实主义作家,杰出的民主主义作家。

他生在一八六〇年。在他出生的第二年,即一八六一年,俄罗斯的农奴制度废除,农民身份上已经自由,实际上继续受地主压迫,还要担负苛重的赋税,因而贫困、破产。工业却相当迅速地发展起来,工人数量在三四十年间几乎增长了四倍,他们受到失业和贫困的打击,渐渐觉醒,进行斗争。到一九〇五年,即契诃夫逝世的后一年,俄罗斯工农大众在资本主义和沙皇制度双重压迫下的痛苦和斗争,激起了第一次革命。

从一八七九年开始创作起,契诃夫的二十五年文学活动处在这样一个动荡时代:旧社会正在由腐朽走向解体,革命活动正在由萌芽走向壮大。他的全部作品反映了这个时代的这种特点。

契诃夫的祖父是农奴,凭点点滴滴的积蓄赎得一家人的自由;契诃夫的父亲也凭积蓄在俄罗斯南方滨海的小城塔甘罗格开一家小杂货店。他有一个慈蔼的母亲,可是父亲严厉专横,契诃夫常受到打骂。契诃夫不止一次对他的亲友愤慨地说:"我小时候没有童年时代。"

契诃夫在十六岁那年,便开始独立谋生。父亲所开的小杂货店破产,倒闭,全家迁到莫斯科,撇下他一个人在故乡继续读书。这个破落户的子弟不得不向亲友求助,教家馆,勉强维持到三年以后在学校毕业。这种生活的艰苦和辛酸,他在一八八一年的一封信上暗示过:"在我生长、读书、开始创作的环境里,金钱表现着万能的魔力。"困苦并没压倒他,反而磨炼了他。他在学校里本来是个迟钝、笨拙、老是躲着别人的学生;然而在学校的后期生活中他却变成活泼的、爱说爱笑的青年,而且显露了对文艺的爱好,开始忙着为校中报纸写稿了。

在契诃夫的作品中,随处都可以发现这种生活所留下的烙印。

二

在十九岁那年(一八七九年),契诃夫搬到莫斯科,考进莫斯科大学的医科,同时开始写作。

从这一年起到一八八四年为止的这段时期,我们把它算做契诃夫创作的第一个时期。他用契洪特作笔名,为莫斯科各滑稽小报写了许多短小的、诙谐的东西,如小笑话、速写、寓言等。产量真也惊人,他写了一千篇之多。

在这种旺盛的创作力的背后,隐藏着悲剧:他家境很苦,父亲做仓库职员,月入五十卢布,无法维持一家七口的生计。他不得不多写。

高尔基在回忆录里赞叹道:"这些没有欢乐的挂虑(指谋生的斗争)消耗了他的青春的全部力量,可是他居然能够保持住他的幽默,倒是一件惊奇的事。"

滑稽小报需要的是供人茶余酒后做消遣用的东西,每逢契诃夫的作品选择了比较严肃的题材,就会遭到编辑的责备。那一千篇东西尽管充满机智和幽默,但是除少数作品外,所含的社会意义不大;契诃夫晚年自编全集的时候,把它们剔除了百分之九十以上。所留存下来的少数作品,都是反映现实生活中的丑恶事物的短篇小说。那里面描写了好些可笑的人:《谜一般的性格》和《活商品》里的女人听凭金钱的摆布,并不觉得可耻;《唱诗班歌手》和《变色龙》里暴露了阿谀权贵的丑态;《一个文官的死》和《胖子和瘦子》里活生生的画出小官在大官面前那种又可笑又可怜的样子。这个时期的作品着重揭露了丑恶性格,特别是贪财爱势的心理。这类题材到后期有了更大的发展。另外,《嫁妆》写出一个姑娘怎样在空洞贫乏的生活中憔悴,死掉。暴露庸俗生活的题材在这个时期中也已经偶尔出现了。

年轻的契诃夫一提笔,就触到了旧社会的疮疤。这个腐朽的社会的毒汁正在丑化人的精神面貌,制造病态的生活。

作者在日常生活中发现了这类可笑的人和事,便抓住它的特色,揭发出来,笑一下,在这笑里面并没有多少恶意。辛辣的讽刺,激烈的鞭挞,在这里都说不上。后期作品中的沉郁调子,这里也一点都没有,在他的笑声里充满蓬勃的生气和明快的欢乐。

如果因此就得出结论说"他只是随便地在生活的旁边散步,一边散步,一边去捕捉……"(民粹派文艺批评家米哈伊罗夫斯基语),说他"冷血"地对待生活,那就不对了。这种说法完全不能解释这个问题:在现实生活中,契诃夫何以不注意别的,单单注意这些丑恶事物呢?

在生活里,哪些事使契诃夫痛苦过、快乐过,那些事就特别容易引起他的注意。他出身寒微,经历过家庭破产的灾难,几乎沉到社会底层,为了谋生苦苦挣扎过,那他就一定身受过冷遇和白眼之类的破落户子弟的辛酸经验。他自己无财无势,因而分外鲜明地看出贪财爱势的丑恶。社会中的丑恶事物就特别引起了他的注意。在他描写《谜一般的性格》中那个装得高尚,实则爱财的女人,描写《胖子和瘦子》中那个胁肩谄笑的小官时候,他的笑是嘲笑,含着不满、轻蔑、谴责。他们丑,是因为他们在做人方面不像样子,他们有失于做人的尊严。

巫　婆　集

契诃夫终身有一个中心思想：人应该活得像人。随着他对生活理解的步步深入，他的全部思想环绕着这个轴步步发展。直到晚年他的札记簿上还写着："人,应当头脑清楚、道德纯洁、身体健康。"在当前这个时期,他对丑恶性格的不满和谴责大半是从道德品质着眼。他把它们看做个人的品德的缺陷来批判它们。既然它们只是个人的问题,与别的没有什么牵涉,那么纵然它们是可憎的,可是问题却不大,只要画出它们的丑样来,讪笑一阵,就会激起人们的注意和羞耻心,克服自己的这种缺陷。"人,必得在你叫他看见他是什么样子以后,才会变得好起来",契诃夫在札记中写道。作品中的讽刺,除了含有不满和谴责的意义以外,就含着这样的教育意义。

他的笑声之所以爽朗明快,是因为他看问题还浅,没认识到它的严重。丑恶性格是怎样产生的,它跟其他社会事物有什么联系,什么东西在培养它,助长它,怎样才能在全社会的范围里消灭它,他大概知道得很少，他甚至没表明它的危害性。跟他后期作品比较起来，这些作品在思想上还缺乏深度。

他的艺术才能正在生长。他已经善于用极少的笔墨刻画出活生生的人，在表现他们性格的时候，往往抓住要害，一针见血。他已经善于灵活运用短篇小说这种体裁，在短小的篇幅里容纳丰富的生活。反而是有些比较长的作品如《活商品》和《瑞典火柴》等虽然写得火炽，如同闹剧，却显得臃肿，故事有意拉得长，这是因为故事本身的思想性不深，而作者又压不住自己的旺盛的欢笑心情。到后来，这种追求笑料的倾向，作者就彻底克服了。

三

从一八八五年起到一八九〇年止，我们把它算做契诃夫创作的第二个时期——发展的时期。

在这段时期中他一直住在莫斯科，大城市的生活给了他丰富的印象。

一八八四年他在莫斯科大学医科毕业。

他担负全家的生活费用。辛勤的工作损伤了他的健康。一八八五年他开始吐血,三年后又大吐血。这个医生却没理会自己的病,连生活方式也没改变。

一八九〇年他做了一件在他一生中显得相当奇特的事情。他不顾旅途困难,千里迢迢地到库页岛——犯人流放地去了一趟。前后用去八个月,回来后写了一本专书《库页岛》。

他的文学才能渐渐提高了。一八八六年他结束了滑稽小报的工作,从此在大报和杂志上发表小说。一八八八年,科学院赠他普希金奖金。他成为第一流作家了。

他的创作态度开始谨严,一天写一篇的时代已经过去。这个时期出现了很多优秀作品,在他晚年自己编选的、包含二百多篇小说的全集里,这个时期的作品大约占了一半。

这里我们想结合他的作品探索一下他的思想发展道路。

《普里希别耶夫军士》《不安分的客人》《没有结局的故事》《猎人》《天才》《彩票》等一系列的作品,如同前期作品一样,描写了许多丑恶的人物。他们多半有堂皇的外表,只是经不起作者一刺,就显露了原形:原来他们是那么专横、自私、贪婪、虚伪、虚荣、懒惰、卑鄙。这就表明作者在深入现实,见多识广以后,对他们的憎恶越发坚决。"在他的身上,庸俗遇到了一个严厉而公正的审判官"(高尔基语)。

但是作者对他们的否定,已经不单纯是着眼于他们的道德品质了。

在这个时期的作品中、丑恶人物不仅在道德方面是肮脏的,而且在跟别人发生关系的时候有更严重的表现。《普里希别耶夫军士》里的专横军人是以欺压平民来满足自己的,《风波》中的家庭教师忍受暴虐的主人的侮辱,《老年》中的爱财欲望是以戕害一个弱女子的生命来求得满足的,《不安分的客人》中的自私性格已经发展成为见死不救的冷酷。在前期作品中,他们在跟别人发生关系时只暴露自己灵魂的荒唐可笑,没有使任何人受苦;现在他们已经超出可笑的程度,变得可恶了,因为他们在伤害别人。在旧社会中,这些人都是处在压迫者和奴役者的地位。

作者深入现实生活以后,社会生活向他表明:丑恶事物不是仅仅关乎个人品德的小问题,而是严重危害社会的大问题。作者对丑恶人物的否定已经超出道德标准的范围,而是把他们看做社会的灾害来予以否定了。于是作者旧日的爽朗的欢笑收敛了,换来的是讽刺和谴责。

他的眼光已经由个人移到社会,他的人道主义也进了一步:对个人道德品质的关怀,发展成为对被损害的弱者的关怀。

这就出现了另一部分作品,弱者成为作品中的主角。《演员之死》中的演员是在穷困中客死异乡的。《食客》里用两种对待食客的态度的对比颂扬了老工匠的热情,但他的孤苦无依却注定了他未来的厄运。《古塞夫》中的病兵葬身鱼腹是要由官僚制度代表者"两条腿的坏蛋"来负责的。《万卡》里的小小的孩子肩负着阶级社会的全部重担:高压、穷困、奴役、冷酷。……他们不是在道德丑恶的人物的欺压下受苦,但是他们同样是被压迫者。这些作品大都与丑恶人物无关,但它们带着更强烈的控诉音调谴责了阶级社会的压迫和被压迫的本质。

对一部分被压迫者的同情发展成为对一切被压迫者的同情,契诃夫跟俄罗斯的被压迫被摧残的人民建立了联系。从憎恨丑恶人物进而憎恨一切压迫者和奴役者,契诃夫成为俄罗斯统治阶级的敌人。

面对着黑暗的王国,契诃夫必须解决这个问题:所有这些黑暗是怎样产生的,他的结论在作品里表现出来了。

巫婆集

前面说过,前期和这期作品中,那些否定人物在精神世界的丑恶上是一致的,他们的面貌大致也是相同的,但作者对他们的认识却已经起了变化。前期作品中《变色龙》和《谜一般的性格》里的主人公显然认为阿谀权贵,卖身投靠是正当的事。他们的特色就在于他们甘心做可耻的事,满足于自己的灵魂的污秽,他们是坚决的;因此,他们须对他们的污秽灵魂负全部责任。这期作品中的否定人物尽管做了许多性质严重的坏事,但是责任却不仅由他们自己来负担。《难处的人》中的专横的家长因为吝啬而发脾气,伤了一家人的心,可是最后毕竟拿出了钱。《安纽达》中的大学生卑劣地遗弃一个弱女,末了却回心转意了,虽然那是暂时的冲动,可也不能不说他的卑劣还不彻底。《侦讯官》中的丈夫实际是杀害妻子的凶手,他自己却完全不知道自己的罪恶。《苦恼》中的学生和军官所表现的淡漠,不能说是存心伤害别人,虽然实际上伤害了别人。一般的说,他们在作恶上都表现得不坚决,不彻底,甚至不自觉。

　　他们的卑劣和罪恶并不能因此减轻,作者也无意开脱他们。不过作者在现实生活中研究他们的时候显然看出来他们的丑恶是外来的,而不是从自己的内部生出来的,冥冥中有一种什么东西使得生活在社会里的人,特别是中上层的人,不可避免地要害各种精神方面的病。这就不能完全责成他们的个人品质来负责,首先要负责的是社会。作者看出丑恶性格是一种病,一种社会的病,病原在于社会制度。先有病态的社会制度,社会里才会有精神病态的人。

　　另外一部分作品更鲜明的表现出社会制度的病态和它所造成的灾害。这部分作品表面看来,写的都是些荒唐的故事。《巫婆》中教堂职员的妻子的偷情是荒唐的,夫妇无端成为冤家尤其荒唐;《邮件》中邮差的乖戾性情多么可笑,他跟同车学生寻衅吵架尤其可笑;《吻》中的军官因为黑屋中的一吻而神魂颠倒,以致痴迷不悟,更是滑稽了。所有这些人物都是平平常常的普通人,那些荒唐事也只是日常生活的小波折。

荒唐的背后却藏着多少辛酸!旧社会创造了这样可怕的"日常生活",不论教堂职员、邮差,或者下级军官,只要是为了吃一口饭,就不可避免地要钻进单调、无味、贫血的生活牢笼。邮差终生终世像机器那样坐着邮车跑来跑去;《巫婆》中青年夫妇过的是沙漠上的两只耗子的生活;军官遵照命令身不由己地练兵、行军、检阅。这是无形的刑场:为了适应这种毫无目的、毫无意义、毫无乐趣的生活,人必须变成没有理想、没有欲望、没有感情,甚至没有知觉的动物;这生活毁灭人的一切精神活动和美好品质,残酷地逼迫人走向精神的死亡。这生活的病态集中在这一点上:人为了求生而走进坟墓。小说中的插曲,如《巫婆》中的青年男子的出现,《邮件》中大学生的出现,《吻》中的不相识女子的错吻,事情本身虽没有多大意义,但在他们的生活的死水湖里却投进了一块石头,惊醒那些落在陷阱里的动物,打开他们的眼睛,使他们看见自己在过着怎样的非人生活,他们身上的不甘死亡的"人的灵魂"就醒来了。他们的偷情、乖戾、痴迷,包藏着强烈的欲望:他们像是淹在水里的人忽然抓到一茎草,他们急于跳出陷阱,一心想过人的生活。等到这种欲望受到压抑,他们发现自己仍旧陷在生活的死水湖里,他们就变成真正的困兽。他们的满腔怨气曲折地表达了被摧残的生机的抗议,表达了对压迫的反抗,对社会的控诉。

如果说他们是因为穷苦才被这种可怕的生活所俘虏,那么这个陷阱也并没放过生活饱暖而只愿自己安乐的人。《薇罗琪卡》中的青年沉醉在世俗意义上的幸福生活里,显得何等安乐,可是临到薇拉出现,他这才发现自己的感情多么枯萎,断定这是"灵魂的萎谢,在美丽面前无动于衷的麻木,由教育、没有目的的生活、谋生的奋斗、公寓中的独身生活所养成的未老先衰"。他的精神正在走向死亡。薇拉的求爱,不仅是由于钟情,还因为她要跳出那种死水的生活,她已经看出只有衣食饱暖却没有任何内容的生活中所隐藏着的危机:"我在这儿住不下去!……我受不了永远不变的平静和没有目的的生活,我受不了我们那些没有光彩的、苍白的人……他们都温和,亲热,因为他们都吃得挺饱,一点也不知道什么叫做奋斗或者痛苦。"她的绝叫实际上是不甘心于精神的死亡。在作品里,所有这些人物的生活和痛苦都不能由他们自己来负全责。在这里,作者看出这种病态的生活首先要由社会制度来负责。先有荒谬的社会制度,这才产生了荒谬的生活。

同样,在以弱者为主人公的作品《万卡》《古塞夫》《食客》里,那些善良的、无辜的人民的痛苦应该由谁来负责呢?作品里显然没有把万卡的厄运完全归于鞋店老板身上,万卡即使换一个主人,也不见得命运会好转。古塞夫的死亡的负责人甚至没在作品里出场。《食客》中的老人的潦倒也不能由小店主的缺乏同情来完全承当。——先有把人分成压迫者和被压迫者的社会制度,这才有活不下去的被压迫者。

契诃夫小说选集

一八八九年契诃夫在一封信上说：" 我认为顶顶神圣的东西是人的身体、健康、智慧、才能、灵感、热爱、绝对的自由——摆脱暴力和虚伪的自由，不管暴力和虚伪用什么方式表现出来。如果我是一个大艺术家，这就是我所要奉行的纲领。"他渴望的是这样一个社会：在这社会里面，人能够正常地、全面地发展，人能够活得像人。

这个时期他的所有作品都表明当时的社会正在使人的精神世界丑化，使被压迫者活不下去，它不容人正常地发展。为此，在这些作品里，契诃夫对俄罗斯的腐朽的旧社会做了严正的批判。

这些作品写的是平凡的人物和生活，却包藏着丰富的思想，它们带着巨大的说服力量教育读者，使他们认清旧秩序的丑恶，憎恨它，使他们不能安心地在这黑暗社会里生存下去。

对祖国和人民的热爱，推动了契诃夫在此后的岁月中如饥如渴地寻求一条他目前还看不到的、通到光明的未来的道路。

也正是这种热爱,才使他在没有看到那条道路之前,无法抑止他对祖国和人民的苦难的满腔关切和焦虑。

这里必须提起一种有相当影响的见解。

反动的文艺批评家谢斯托夫说:"契诃夫是绝望的诗人。在他的文学活动的二十五年当中,前前后后,他顽强地、哀伤地、单调地只做着一件事:用各种方法扑灭人类的希望。"民粹派文艺批评家米哈伊罗夫斯基警告读者说他在契诃夫的眼睛里看见了"恶的火焰"。(以上均引自英译文。)他们的意思是说:契诃夫怀着冷淡的、绝望的心情描写社会的黑暗,他的眼前一片漆黑,他是悲观主义者。

使这个问题变得复杂的是这个时期契诃夫的一部分作品的调子;它们的确不是明快,而是沉重。这种调子通常叫做"契诃夫的忧郁",而这"忧郁"往往又理解作沮丧没落的呻吟,充满悲观绝望的心情。

又因为契诃夫没有看见祖国前进的具体道路,这就助长了这种见解,认为契诃夫的眼前确实一片漆黑,因而悲观绝望。这个问题便显得更复杂了。

但是这个问题不论怎样复杂,却有一个关键:

契诃夫是乐观或者悲观,那最后的分界线在于他对祖国的光明未来有没有信心。

这种信心不能凭空产生,须有现实的依据。这依据只能是对人民和人民的力量的认识。因此,契诃夫有没有这种信心又取决于他对人民力量有没有认识和信心。

或者,契诃夫对人民力量没有认识,不相信人民,于是在他眼睛里,黑暗势力占据了整个社会,这黑暗是永久的,没有力量可以克服的,祖国前途一片漆黑,契诃夫是悲观主义者;或者,契诃夫对人民力量有认识,相信人民,于是在他眼睛里,黑暗只是社会的一面,这黑暗面是暂时的,可以克服的,祖国前途是光明的,因此，契诃夫不是悲观主义者。

契诃夫的作品，特别是在人物的塑造中，表明他对人民的力量有认识，有信心。

契诃夫的作品里，除了作者所否定和丑恶的人物和所同情的被压迫者以外，还有作者所肯定的正面人物。

《哀伤》中的工人感情那么真挚，受不住妻子死亡而引起的哀伤，自己也死了。他临死时想到的不是自己的不幸，而是托付别人安葬妻子，托付别人把马还给原主，这是多么善良、纯洁！《猎人》中的农妇对薄情的丈夫表现了温柔而强烈的爱。《安纽达》中的"堕落"女人的爱情尤其坚强，她临走把四块方糖交给那负情的大学生，这包含着多大的勇气！《磨坊外》的老太婆简直是个光芒四射的形象：贫穷和困苦压不倒她，她充满欢笑和生气，那块馅饼包藏着多少慷慨的爱！在阶级对立的社会里，连道德也是对立的。契诃夫在旧社会的中上层人们中间发现到处都是道德的堕落，终于在劳动人民,特别是农民中间,找到了他所珍爱的纯洁的道德。契诃夫在一封信上说:"我的血管里有农民的血;人家说到农民有美德,我是一点也不觉得奇怪的。……"

他们是高尚纯洁的人。更重要的是他们的美德具有强大的力量。他们的美德证明了不仅能抵制恶势力的侵蚀,而且比恶势力强大。《安纽达》中的"堕落"女人背负种种苦难,被打入社会的下层,但她的坚强的美德,纯真的爱,不但没有被消灭,反而屹然不动,甚至在遭到新的打击(被大学生遗弃)的时候,在那四块方糖里显出了她的美德的更坚强的力量。这里埋藏着讽刺:到底是谁堕落?谁纯洁?《猎人》中的农妇具有同样坚强的精神力量,而且对她那力趋上流的丈夫的卑劣心理采取蔑视态度。两相比照,究竟谁上流?谁下流?在这些小说里暗中进行着一种无形的精神搏斗:那些美丽形象射出耀眼的光彩,他们是优胜者;在他们的光芒照耀下,那些卑劣的人物变成渺小的、奇丑的侏儒。搏斗的结局暗示着深刻的意义:那些坚强有力的人,纵然目前在现实生活中受苦,但他们是美丽的,因此最终一定会胜利;那些渺小人物,纵然目前在社会中逞威,但他们是丑恶的,因此最后终究要消灭。

不仅这样,作品里还表现了人民终将胜利的现实根据。

这些被压迫的人民是有正义感的。《猎人》中的农妇虽然深深的爱她丈夫,但是对他不务正业一心爬高的坏心理却进行严正的批判。《磨坊外》的老母亲没有因为自己穷而迁就她那为富不仁的儿子;她越是爱这儿子,反倒越严正地指斥他。

他们对自己所受的苦难并不是听天由命地忍受,而是要求解放。他们随时随地表现了对自由和幸福的渴望。《万卡》里的小孩子在信上苦苦恳求爷爷带他跳出活地狱,付出任何代价都可以。《古塞夫》中的病兵连做梦也看见美丽快乐的田园生活。《草原》中那伙农民在一个恬静的夜晚听一个新婚男子诉说他的幸福。在一八九二年发表的《在流放中》里面,那个无辜受累的青年流放犯人即使陷在万难逃出的罗网中也仍旧强烈地渴望自由幸福,那份强烈还表现在他痛斥老犯人的甘心受苦的奴才哲学上:"你坏!你是畜生,你是死尸。上帝创造人,是要人活,要人高兴……可是你什么也不要,所以你,不是活人,是石头,黏土!"作品的结尾借房门这个细节,巧妙地批评了另外一些虽然抱怨生活痛苦,却消极得并不想改变任何一点现状的人:开着房门睡觉是冷的,可是懒得起来去关上它。

在八十年代的俄罗斯,革命运动还处在准备时期,作品中的这些劳动人民还没有到为了争取解放而采取行动的时候,但是不能不说:依照作品中的表现,他们准备行动的各种条件差不多都具备了。他们的潜在的宏伟力量,已经跟反对罪恶的旧社会的正义感以及从自己痛苦中产生的追求自由幸福的强烈欲望紧密地结合在一起,这就在腐朽的旧社会中形成一股"地火"。这些作品的思想艺术的深度就在于从这些劳动人民的形象中表现了革命准备时期的革命火种。

如果把契诃夫在这个时期的思想发展归纳成为一句话,那就是:他在深入现实生活以后产生了对旧社会及其罪恶的痛恨,产生了对祖国和人民的光明前途的信心。因而他在后期作品中才能够画出了祖国将来的美丽社会的远景。

另一方面,他的思想中存在着矛盾:虽然他对祖国和人民的光明前途有信心,他却看不见通到未来的具体道路。

如上文所述,这个矛盾产生了他的焦虑心情。重要的是这焦虑不是建筑在一无办法的绝望上,而是以深厚的信心为基础,因此不是消极的,而是积极的。在他的作品里,这焦虑一渗进去,便形成积极的力量,使读者对黑暗现实生出浓烈的不满,对光明未来生出强大的渴望。

为了说明这点,必须结合他的作品研究一下契诃夫作品的"调子"的真正内容。

在那些反映社会阴暗面的小说中,被摧残的人民生活在不堪设想的痛苦里,他们的遭际、心情、命运,处处表现了现实的阴暗,例如《万卡》中的小孩,《古塞夫》中的农民,《安纽达》中的弱女。首先因为俄罗斯社会的阴暗面是那么严重,这才有了作品"调子"的沉重。

这是一方面。另一方面,作家怎样反映现实,或者,作家表现在作品里的他对现实的理解和态度,也是"调子"的构成因素。这就必须具体分析作品了。

氏以《苦恼》为例。故事是这样平淡:一个老车夫姚纳,儿子死了,他积着满腔的苦恼,想找个人诉说一下;他的乘客,军人和学生,都不睬他,逼得他只好向马去诉说。然而这平淡的故事何等有力地揭露了阶级社会中的冷酷!

姚纳的苦恼是那么深重:孤苦伶仃,贫穷衰老,然而没人来管,甚至他那小到无可再小的欲望,诉说一下苦恼的欲望也得不到满足,这个社会的病态达到了多么严重的程度!

于是透过作品的沉重的"调子"隐隐传出了一种沉重的谴责。

姚纳是那种纯洁善良的农民:在四周的淡漠和冷酷中,他独独保持了热情,他对儿子的爱是纯洁无私的爱。他的美德是坚强有力的。

这里也有精神力量的搏斗:那些有教养的、上流的军官和学生对这个人的苦恼,回报了冷酷;他们只知道压低车价,拿他取笑,甚至残忍地说:"人都要死的。"姚纳的深情即使受了挫折,也没冷却,而是仍旧坚持下去,甚至找马去诉说。到底谁上流,谁下流?谁有教养,谁愚昧?姚纳的光辉照出了那些人的猥琐庸俗的丑相。

这就在读者心里引起了同情:"他善良、坚强,他比所有那些军官和学生都应该活下去,他的苦恼应该解脱——他代表光明的力量。"

但是那结局却是姚纳的苦恼得不到解脱,甚至活不下去。而那些庸俗人物反倒逍遥自在！作品到这里把一种像郁雷样的感觉送进读者的心里。

这沉郁是由作者的焦虑产生的：现实生活竟是这样颠倒黑白，该活的不能活，该消灭的不消灭，丑战胜美，黑暗战胜光明；读者的憎恶和同情，痛恨和渴望，便都受到压抑，受到不能忍受的折磨；结果，那沉郁的全部力量就逼出这样的结论："不行，不能照这样下去！"

这个"调子"的力量在另外那些描写渴望解放的被压迫者或描写勤劳的、有创造才能的劳动人民的作品里尤其表现得明显，例如《万卡》《教师》等。那个可爱的小孩和优秀的教师代表光明，代表美，引起人的强烈同情和希望，怎能容忍他们被黑暗和丑恶所吞没："不行，不能照这样下去！"

这个"调子"在沉郁的外表下，藏着积极的、健康的、鼓舞战斗的内容。

这个"调子"的力量所激起的对光明和美的热爱以及对黑暗和丑恶的憎恨，实质上是对旧社会的憎恨以及对未来的美好生活的追求。它跟沮丧没落的呻吟、悲观绝望的哀鸣毫无共同点。

这就是我们对契诃夫作品的"调子"的理解。

那些曲解契诃夫的论者的最后一个根据,是不研究契诃夫思想的发展道路,也不看他的全部作品,单从《芦笛》和《伤寒》之类少数作品的外貌就下轻率的论断,说他是悲观主义者。

如果理解了契诃夫的思想,再看过他的别的作品,对这类作品就可以有正确的认识。《芦笛》中充满怨言和悲叹。老农民从山水天气说到草木虫鱼来证明世界到了末日,地主的总管也因为生计艰难而灰心沮丧。但是这两个人的思想性质是不同的,一个为公,一个为私。大自然的萧索象征着社会的黑暗,老农民的夸大的慨叹实际上是出之于对光明美好生活的渴望,他痛斥了剥削阶级的寄生、懒惰、庸碌;而总管的贫困便是他们的罪恶的一例。这是那些谴责旧秩序,渴望好生活的作品之一。《伤寒》表面看来像是伤寒病的研究报告,没有社会意义,实际上却不然。作品表明病情严重的时候正是生命力衰微的时候,临到病愈,生机才萌发,那特色就是蓬勃的、不能压抑的欢笑。必须注意,这欢笑具有残酷冷漠的性质:病人听见妹妹传染了自己的病,已经死掉,竟毫不在意。作品的社会意义就在这欢笑的性质上,表明用这种欢笑来对待人生和社会是一无是处的;因为"所谓纯洁的、孩子气的'生活的欢乐',是动物性的欢乐"(见《契诃夫札记》)。跟其他的作品一样,这两个作品同样表现了作者对阶级社会的谴责,对祖国和人民前途的关切,对有害于社会的事物的批评。它们的思想内容是健康的。

我们探索了他的思想发展道路,研究了他的作品和它那著名的"调子",具体分析了貌似悲观的作品,所得出的结论是:他跟悲观主义毫不相干。

必须澄清那些曲解,才能更好的理解他的作品,充分估计到它们在当时所造成的影响。

契诃夫的作品以无比的真实揭露了俄罗斯社会的

本质,使人认清黑暗和光明;而作者的爱憎、渴望、焦虑具有那样大的感染力量,以致作品虽然没有发出革命号召,却具有客观的革命意义。高尔基在回忆契诃夫的文章里写道:"回忆着这样的一个人是一桩好的事情;勇气马上就回到你的生活里来了。"

有趣的是契诃夫自己对于"悲观绝望"一类的批评的态度。"我从没见过契诃夫发脾气。他很少冒火,即使冒火了,他也能够惊人地控制自己。比方说,我记得他有一回在书本上读到一种评论,说他对道德问题和社会问题漠不关心,他是悲观主义者,于是他烦起来。不过他的烦只用五个字表现出来:'十足的傻瓜!'"(布宁:《回忆契诃夫》)

我们在上文提到的两个批评家,一个是民粹派,一个在大革命时逃亡国外诋毁革命,在思想上他们或是脱离人民,或是仇视人民,因而看不见祖国和人民的前途。在根底上,他们才是真正的悲观主义者。无怪他们看不见契诃夫作品中的积极因素了。

反动统治阶级害怕契诃夫。一八八七年契诃夫到欧俄南部旅行,特务一路跟踪他,甚至设法跟他同房过夜。十年后契诃夫在国外游历,也有特务跟踪,甚至跟他交谈。迫害并没压倒契诃夫,他终其一生坚决反对的正是旧社会制度的支持者沙皇政权。

在这个时期的结尾,一八九〇年,契诃夫突然自动地、不辞辛劳地跋涉到边远的库页岛去做了一回调查。

在这趟旅行前后他写给朋友的信中,或者其他材料中,他都没有阐明他的目的。他只声明这与他的文学事业无关:"我不是去搜集材料和印象,而是为了照我以前所没生活过的方式生活半年罢了。"

但是当他行前接到一个好朋友的信,说他这种行为毫无益处、毫无趣味的时候,他就严正地指责道:"我们把以百万计的人民送进监狱里去死掉,我们胡乱地、野蛮地、想也不想地把他们毁掉;我们驱使人们戴着镣铐在冰天雪地中跋涉几千里路;我们使他们染上梅毒,使他们堕落,繁殖犯人。……这不能单由狱吏负责,而得由我们全体负责。可是我们不在心上,我们对这不发生兴趣。……"

那些关于犯人的苦难的话充满了多少焦虑!这焦虑包含着对社会黑暗的严厉谴责和对光明的渴望,发出人道主义的光芒,但也透露了作者寻不到解决方案的急躁。

既然这种焦虑在作品里表现为积极的力量,它对作者一定也产生积极的力量。事实正是这样,它推动他在文学和医生的事业以外热切地用各种方法为解除祖国和人民的苦难而努力,推动他为追求真理而努力。于是他到库页岛去了——那是俄罗斯的一个边远的荒凉地区,也是最黑暗的犯人流放地。他不顾自己的病体,也不顾旅途的艰苦(当时西伯利亚没有铁路),坐大车,搭木船,走旱路,毅然决然地去了。

在这里很容易使人想起他在两年前所写的一篇优秀作品《精神错乱》,那是契诃夫小说中正面提出社会问题的第一篇。那个主人公对社会问题何等关切,他的责任感何等强烈,由于思想限制而寻不到解决方案的时候是何等焦虑!他对朋友和医生的冷淡心理又是何等憎恶!

这次旅行的结果果然没有为文学作品搜集材料,只写了一本专书《库页岛》。

可是,他对社会黑暗的认识更透彻了,对被压迫者的理解更深切了。两年后所写的《在流放中》不仅反映了流放犯的无辜受苦,他们所过的非人生活,还着重写出了被压迫者的争取自由幸福的渴望是各种苦难所不能征服的!

此外还有另一个收获。契诃夫在一封信上谈到犯人儿童生活的黑暗可怕,这还只是犯人问题中的一个细节,但是他已经感到无能为力。"当然,我没有力量解决儿童问题。我不知道该怎么办。可是我觉着靠慈善的施舍办法是没有用处的。……"契诃夫感到社会问题的枝枝节节的解决以及点点滴滴的改良工作,都是行不通的了。

这就加强了他追求真理的决心,而且引起他对政治的关心。

四

从一八九一年到一九〇四年为止是契诃夫创作的第三个时期,他的思想艺术的成熟时期。

从一八九二年起,一连有六年,他在农村中生活。他出于对农民的热爱,办过农村学校,办过赈灾事宜,调查过户口,霍乱流行时担任过医官。这使他熟悉了农民。

他在努力克服他的不问政治的倾向。一八九八年,当法国作家左拉为被诬陷的犹太人德莱孚斯申冤而控诉陆军部的时候,契诃夫的老朋友苏瓦林所主办的《新时报》借此机会展开了反犹太人的政治宣传。契诃夫不顾私交,严词指责他的不当。一九〇二年高尔基当选科学院荣誉院士,沙皇由于政治理由强令科学院撤消原议的时候,契诃夫就自请取消院士称号(他在两年前与托尔斯泰同时当选),作为抗议。

他的最好的剧本如《海鸥》等都是在这个时期写成的。他的小说虽然在数量上不及从前多,可是在思想性和艺术性上都显出了成熟时期的绚烂多彩。

在这个时期中,他的思想主要是在下面这三种影响下大踏步的发展起来的。

首先是时代在大踏步前进。俄罗斯的广大人民在资本主义和沙皇制度的双重压迫下的痛苦激起了革命运动,社会的表面平静的状态已经过去。在九十年代,特别是在九十年代末尾和二十世纪初叶,革命前夜的风暴掀起来了,工人屡次罢工和示威,规模宏大;乌克兰发生农民起义;学生的反政府运动发展为全国总罢课。人民显示了力量,社会情绪普遍的不安定,腐朽势力的慌张和高压正好表明他们到了穷途末路。契诃夫密切注视这种政治形势的发展,直觉地感到了它的趋向。在革命运动的蓬勃发展中,一九〇一年他写信对高尔基说:"我知道得很少,几乎什么也不知道……不过预感却很多。"一九〇二年他对朋友说:"人民中间已经有了伟大的骚动……俄罗斯正像蜂房一样的闹哄哄,人民有多大的信心和力量啊……这倒是值得惊奇的哩!"在这些话里,他的政治倾向是明明白白的。至于他的预感,他在札记里也写出来了:"这当儿我们的四周却有一种生活沸腾起来了,那生活却是我们不知道,也没理会的。惊天动地的剧变会出其不意地来袭击我们,仿佛我们是沉睡的仙人似的。"果然,在他去世后的第二年,即一九〇五年,爆发了俄罗斯的第一次革命。

"人民有多大的力量和信心啊"——六年的农村生活帮助他理解农村生活的真相,它的光明和黑暗,尤其重要的是使他对劳动人民有了更深的认识。"我跟农民们相处得很和美……每逢我在村子里走过,老太婆们总是微笑,或者在胸前画十字,除了对小孩子以

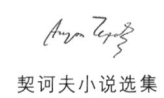

外,我对每个人都称呼'您'。……现在一想起奥加河边我有我自己的小窝,我总高兴",他信上这些回忆农村生活的愉快话语中包含着对农民的热爱和尊敬。他的作品表明他在劳动人民身上更深地看出了力量和希望。这就加强了他跟他们的联系。

他的思想发展的最后一个原因,是他自己的焦虑心情要求他的思想往前发展。作者对祖国和人民的满腔热爱,使他不能自甘于自己思想上的限制,推动他为他们的苦难寻求一条出路,通到他所坚信不疑的光明未来去。这种热切的、不倦的追求真理的心情在《大学生》那样的美丽作品中得到了反映。

在这些原因的影响下,他的思想大大开展起来,他的作品面貌就起了变化。

暴露黑暗的作品比以前范围更广,挖掘也更深了。

反映农村生活的杰作《在峡谷里》和《农民》全面揭露了农村的真相。一方面农民大众赤贫,担负苛重的赋税,毫无保障,破产,流落为乞丐,进城谋生;一方面富农依靠剥削和欺诈致富,开商店,办工厂,内部进行着残忍的、无耻的争夺和倾轧。这类作品比《万卡》等更有力地暴露剥削和压迫制度所造成的罪恶。

刻画丑恶性格的作品比以前更明显地揭示了这种性格的社会根源。《佩彻涅格人》中的地主在奴役生活中养成野蛮粗鄙的性格。《醋栗》中的地主则在寄生生活中由人变成了猪。《村妇》表现了商人在伪善的面具下的阴险残忍。这些性格越是饱满,就越使人痛恨他们以及培养他们的社会制度。

反映病态生活的作品大致可以分成两种。如果前期作品是用偶然的插曲来揭露这种生活在怎么活埋人,那么现在是把人被毁灭的全部过程从生活里显示出来,例如《约内奇》《在故乡》等;另一种是着重暴露生活的混乱可怕,《恐惧》借一个故事来表明"单从生活看生活,有许多事显得不能理解",而《我的一生》却从整整一座城的规模上,在错综的人事关系中全面写出平淡生活里的荒谬和残忍:官吏贪污糊涂,资本家贪婪霸道,地主没落潦倒,无数的猥琐庸俗的小市民干着可笑可怕的事,父亲不认儿女,少爷遗弃孕妇,偏见逼死人命。这样的生活使人感到这个社会的腐败透顶。

这个时期新出现的反映资产阶级生活的作品同样揭露阶级社会和剥削制度的一无是处。《三年》《女人的王国》等只浮泛写到工人的痛苦(作者对工人生活不熟悉),它们所着重刻画的是由剥削而来的财富给资本家家庭带来的不是幸福,而是人性的毁灭和沉沦到深渊去的生活。

另外还出现一系列描写知识分子的作品,如《黑修士》《决斗》《没意思的故事》《文学教师》。他们或者成了自大狂,或者变成麻木的僵尸,或者在毁灭的生活中发出绝叫。在前期的《教师》和这期的《在大车上》里,社会在毁灭辛勤的、低层的知识分子,中上层的知识分子却在用知识掩盖自己的罪恶,甚至造成自己的灭亡。这些都表明这社会不能容许知识正确地发挥力量,为全体人民造福。

所有这些作品挑开一个腐烂的恶疮,摊出全部的脓毒和黑血,揭露了旧社会的彻底腐朽。

前期作品对社会制度的批判是由不满而谴责,如今更进一步,由彻底憎恶而宣判死刑。因此,作品的暴露性和讽刺性比以前更坚决、更强烈。《出诊》通过一个工厂表现了剥削制度的灾难,最后也通过工厂对那旧社会制度下了判决:"没法医治的痼疾。"

在这个时期中他对光明面的认识也提高了。

作品表明他对劳动人民的热爱和歌颂以及他对他们的理解比从前更深。

在这个时期的作品中,劳动是常被提到的题目。

劳动被看做人的生活的基本内容。作品中一切准备过幸福生活的青年男女,都先肯定劳动的重要。邻居中说:"我要工作得眉毛上出汗,我要一天到晚地工作——实际上我要尽心竭力地使得希娜幸福。"《决斗》中的幸福生活计划就是:"我们挖掘一块土地,亲自耕种,辛苦得眉尖流汗。"《三年》中说得更清楚:"不做事,就没有纯洁的幸福生活。"作品中表明美好的生活和美好的人,首先应当是道德的生活和道德的人。这一切都由劳动产生。从这一点发展起来就成为:生活的全部意义在于有益社会的劳动,无怪《妻子》中一个生活空洞的女人在找到一件工作以后说:"在这件事以前,我什么也没有。……现在,我总算抓住这个,我生活起来了;我快乐……我觉得仿佛在这件事里面找到我生活下去的理由似的。"因此,纯洁的道德和美好的生活的基础是劳动。

不仅这样,《我的一生》里还说:"固然,他们(指农民)很脏、贪酒、愚蠢、不老实;不过尽管这样,人还是觉得那些乡下人的生活是奠定在巩固的基础上的。不管乡下人耕田的样子显得多么拙,也不管他怎样喝得酩酊大醉,可是只要仔细看一看他,谁都会感到他有一种基本的、重要的本质,恰好是玛霞和医生所缺乏的。他相信真理是人世间顶要紧的东西,相信他个人的得救和国家的得救,全包含在真理里面。因此他爱公道胜过爱人间的任什么东西。"坚持真理和正义感是一种伟大的精神力量,它能摧毁不合理的社会,建立合理的社会。这里不仅表明契诃夫对人民力量的认识,还表明他对人民力量的根源也有认识:坚持真理和正义感既是劳动人民所特有的,那它就是由劳动产生的。

契诃夫对劳动人民的热爱和信心既然更加坚定,作品中便出现了劳动人民的前所未有的美丽形象。《在峡谷里》的丽巴纯洁、善良、热情,富贵不能玷污她的纯洁,贫穷不能压倒她的朝气。她鄙视在世俗意义上的幸福生活,一心要逃出去。她在罪恶的环境中生出优美的理想:"不管罪恶有多么强大,可是夜晚恬静而美丽,而且在上帝的世界里,现在有,将来也会有,同样恬静美丽的正义;人间万物,一心在等着正义来把他们融成一体,就跟月光和黑夜互相溶合一样。"在她显出劳动人民本色的时候,作品中出现了美丽的画面,例如:"丈夫刚刚坐着车出了院子,丽巴就变了样,忽然高兴起来。她换一条旧裙子,光着脚,把袖子卷到肩膀上去,擦洗门道里的楼梯,用银铃样的尖嗓子唱歌;她提着一大桶脏水走出去,抬头看太阳,露出她那孩子气的笑容,这时候她仿佛就是一只百灵鸟一样。"跟以前的正面人物相比,她有他们的一切优点,如纯洁的道德和精神的力量,却没有他们的弱点,如《艺术》中农民的流气,《苦恼》中姚纳的愚昧。她的外貌也是美的,而《安纽达》中的女人却是丑陋的,《磨坊外》中的老太婆的装束是滑稽可笑的。她的新的优点是她个人要求自由幸福的渴望化为充满坚持真理精神的理想。这理想尽管外表柔和文静,骨子里却藏着革命的火种,实际上那是所有的被压迫和奴役的劳动人民对旧社会的控诉和对未来的自由幸福的社会的渴望和信心。

既然劳动创造美德、精神力量、坚持真理的精神、正义感,那么寄生和剥削就一定产生道德的堕落、软弱、虚伪诡诈、没有是非等,使得人不像人,生活不像生活。

推广起来说,在契诃夫眼睛里,整个旧社会制度既然不是以普遍劳动,而是以压迫和剥削为基础,那么这制度本身便是不道德的、脆弱的、不合理的、是非颠倒的。那么它的毒汁必然浸透整个社会,造成俄罗斯民族的普遍灾难,没有一个人,包括压迫者在内,能逃避它的恶果。作者在彻底的、全面的批判它的时候,除了在大量作品里表现压迫者的罪恶和被压迫者的苦难以外,就有必要写出《在故乡》《三年》《女人的王国》《在峡谷里》等反映城乡的剥削阶级的生活在怎样毒害他们自己,以及这个生活本身由于它的不道德、不合理、脆弱的性质怎样在崩溃没落。——不写这些,批判便不彻底。

另一方面,作品中出现了对祖国和人民幸福前途的憧憬。《我的一生》里写着:"强者也好,弱者也好,阔人也好,穷人也好,应当没有例外,各人为各人的利益平等参加生活斗争。"理由是:"要是您不逼着您的同胞供给您衣服和食物,保卫您,替您抵抗敌人,那岂不是建立在完全不以奴役为基础的生活上的进化?依

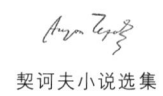

我看来,那种进化才是真实的东西,也只有那种文化才是人类需要,而且能够完成的。"

《带阁楼的房子》里也写着:"要是我们全体,城里人和乡下人,没有一个例外,统统商量妥当,由大家平均担负人类用来满足生理方面的需要的那种劳动,那我们每个人也许一天只要工作两三个钟头就行了。……再想下去:为了少倚靠我们的体力,少倚靠劳动起见,我们发明机器来代替工作。……说到头来,有多少空闲时间会留给我们支配啊!我们就共同把我们的闲暇献给科学和艺术。"

到最后一篇小说《新娘》里,未来生活的美丽画面勾画得更清楚一些了:"到那时候,这儿就会有高大漂亮的房子,美妙的花园,神奇的喷泉,不平常的人。……到那时候人人都有信仰,人人都知道自己是为什么活着。……"

"在那种生活里,人会勇敢而直接地面对自己的命运,知道自己对,心情愉快,自由自在!"人变得纯洁、自由、正直、幸福,同时研究"科学与艺术",因此有高度文化和教养。——总之,人成了"不平常的人"。

《新娘》里还暗示了从旧社会过渡到这个新社会的过程,不是和和平平的,而是要经过剧烈的斗争和变革:"您既把您的生活翻一个身,那就一切事情都会改变。要紧的是叫您的生活翻一个身,其余的一切都是不关紧要的。""到那时候,你们这城里就不会有一块石头不动,样样东西都会连根拔起,样样东西都会改变。"

这个理想明显地表现了契诃夫的民主主义思想,而且不能不说:这个理想包含着近于原始的、朴素的社会主义思想的成分。

在这里,旧社会受到最后的、最彻底的、最严正的批判。这个未来社会的性质跟旧社会的性质恰好相反。作者相信新社会必然建成,也就是相信旧社会必然崩溃。在《出诊》这篇小说里通过工厂的剥削关系和劳资生活的描写,指出了社会制度的支配力量,说到

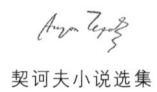

人们"违背本心的屈从着某种支配的力量——那种来历不明的、站在生活以外的、与人类无关的力量"。这种制度被比喻作魔鬼不是偶然的,魔鬼的本质就是不道德、颠倒是非、脆弱,用来借喻社会制度正好合适。医生最后判决了它的死刑,说它是"没法医治的痼疾"。另一方面,医生通过一个在贫血的生活中憔悴的姑娘对美好生活的渴求,看出来新社会的必然到来,他在坐上马车的时候,"只想着那个也许近在眼前的时代,在那时代里,生活会跟这宁静的礼拜天早晨一样的畅快"。对旧秩序的彻底否定和对新社会的肯定信心结合在一起,在同一个作品里表现出来。

《出诊》里还做了相当准确的预测:"五十年后,生活一定会好过了。"

这就是契诃夫思想发展所达到的高峰。

他对祖国的今天和明天的认识已经达到这样的程度,如果引用《新娘》上的话来说,就是:"那个显得很重大很严肃的过去,就缩成一点点小,同时至今还没留意过的那个巨大而宽阔的未来,却在她面前展开来。"

他从现实生活中得到了这样的认识,而九十年代的俄罗斯社会生活又肯定了他的这种认识,他的爱国思想便得到了鼓舞。由于关切祖国和人民的前途而产生的焦虑心情便逐渐消散,他的心情明朗了。

这就给他的作品带来了影响:作品中的暴露和歌颂,除了原有的意义以外,增添了新的意义。作品的政治倾向比以前更明显、更强烈。作品开始带着进攻的气息扑灭旧社会及其丑恶事物,带着鼓舞的气息召唤新社会的来临。

前期作品的暴露否定事物时候着重表现它的畸形和罪恶,这期作品如《在故乡》《三年》《女人的王国》《主教》等除了表现上层生活的丑恶和罪恶以外,进一步着重表现那生活的崩溃和没落。

描写知识分子的作品也不单是表现他们的丑恶。《决斗》《黑修士》《带阁楼的房子》《没意思的故事》等一系列作品,实际上要解决的是知识分子与人民的关系问题。《带阁楼的房子》里说:"一个受过教育的人,他的顶高尚顶神圣的任务就在于替他的邻人服务。"知识分子的力量必须贡献在对人民有益的事业上。因此,知识分子的劳动、劳动态度、劳动性质便成为关键。《决斗》中的拉叶甫斯基本来在昏天黑地中生活,是个脱离人民的人,他的觉悟的第一个表现是劳动,这就有了接近人民的初步可能,但是问题还没解决。《黑修士》中的教授和园艺学家以及《没意思的故事》中的教授,固然辛勤工作,学识渊博,一直在为社会服务,问题似乎解决了,但是他们的自大狂、暴躁、冷若僵尸,却暴露了他们的劳动态度是为自己,而不是为人,他们仍旧是脱离人民的。倒是《跳来跳去的女人》中的戴莫夫,辛勤工作,甚至为医学牺牲自己的生命,表现了无私的、忘我的劳动态度。《带阁楼的房子》中的莉达一方面是辛勤工作,一方面劳动态度是无私而忘我的,她的工作对象又是农民,问题似乎解决了,但是"这些学校啦、诊病啦、图书馆啦、医药救济中心啦,在现状下,反而加强老百姓的奴役"。

她的点点滴滴的改良工作不是于人民大众有益,而是有害。只有《新娘》中的娜嘉才是完全正确的,她决心把自己的力量献给人民的解放事业。"这样的人越多,上帝的王国来到人间也越快",《新娘》中说。这"上帝的王国"指的是新社会。

《醋栗》更明显地表现了作者的倾向性。这个作品除了借剥削阶级的从人变成猪来显示旧社会制度的必然灭亡以外,还借了从人变成猪的过程着重的批判独善其身的生活态度;这种哲学使人对社会黑暗采取坐等它自动消灭的态度。作品里出现了煽动性的指责:"我问你们:为什么要等?……你们就会告诉我说这种事儿(指美好的生活)一时是办不到的。……可是有什么证据能够证明这话对?你们又会搪塞说:人间万物自有规律,自有道理;可是如果我,一个有思想的活人,站在地上一道裂缝的面前,明明可以跳过去,或者在上面搭个桥走过去,却偏要等着这条缝自动合拢,或者等它给泥土填满,难道这样的事还说得上什么规律,什么道理？再说,为什么要等？等到没有了生活的力量才算？同时人又非生活不可,而且需要生活！"这已经是号召人们对旧社会进行战斗的呼声了。独善其身的生活态度受到批判,不是偶然的,在这期作品里,凡是阻碍新社会来临,巩固旧社会存在的东西,都受到批判。《邻居》中的顾虑重重的软弱性格是不好的,但是它之受到批判,主要是因为它对争取自由的社会斗争有害,"人所采取的每一个重大的步骤总是不能不招得别人难过的。要是你去为自由而斗争,那也会招得你母亲难过"。《带阁楼的房子》中的莉达的改良工作和艺术家的一事不做遭到批判,而莉达的劳动态度和艺术家的社会理想受到肯定,都是着眼于它们对社会进步有害或有益。

在暴露丑恶事物的作品当中,政治倾向最明显的一篇是《套中人》。别里科夫永远穿雨鞋,带雨伞,是可笑的,但是这个保守性格的社会作用却十分严重:开除学生,干涉教师,"把整个高等学校辖制了足足十五年!光是高等学校吗?全城都受他辖制哟"!这就证明了他不仅心甘情愿地做统治阶级的奴仆,而且代表了阻碍一切新生力量成长的反动势力。一般教师采取容忍恶势力的态度,"是啊,有思想的正派人读过屠格涅夫、谢德林、巴克尔等等,可是他们都低声下气,忍受这种事——事情就是这样的"。这些教师空读了民主主义者的作品,却不向民主主义的敌人作斗争,在这几句话里受到了批判。柯瓦连科不是革命者,也没有政治觉悟,但是在他热爱自由,痛恨学校的腐败,跟代表恶势力的别里科夫绝不妥协这一点上,却反映了新生力量的要求、渴望、仇恨,因而代表了它。这故事里实际上进行着社会的新旧力量的斗争。这个斗争的结局引起多少笑声:柯瓦连科的一拳打出去,别里科夫虽然没有受伤,却吓死了!那一拳可以说是象征着新生力量的坚强勇敢,尤其表明着黑暗势力的外强中干和它的必然崩溃。

这篇作品里所洋溢着的欢笑和乐观的"调子"尤应引起我们的注意。一般说来,这个时期的暴露黑暗的作品的"调子"都多多少少地显出这样的变化。作者思想的变化引起"调子"的变化,到了这个时期,作者的认识深刻了,社会的现实也透露了发展的趋向,作者的信心有了更充分的现实根据,于是焦虑消散,作品中就出现了明朗的轻蔑、鞭挞和欢笑。如果回想一下,就会看出来这"调子"跟早年作品的"调子"十分相像——有趣的是别里科夫的死也跟小公务员的死的结局差不多。但是这个"调子"在一去一来之间,作者思想经历了那么多变化,现在的作品内容是无比丰富了,这个表面相似的"调子"已经经过发展,成为高一级的东西了。

以上所讲的还只限于暴露黑暗的态度的变化。另一方面,作者思想的开展也影响到作品中的被压迫的人民的形象。

跟前一个时期一样,作者仍旧带着同情反映被压迫的人民的痛苦,也仍旧带着热爱描写他们的纯洁善良。由于作者对生活和劳动人民的认识更深,他们的痛苦被反映得更深,如《农民》;他们的精神的美被描写得更美,如《在峡谷里》。所有这些,都跟前一个时期大致相同。

有一点却不同了:被压迫的人民不再温顺的忍受他们的痛苦,甚至也不限于渴望自由和幸福了。

时代表明:民众对专制和剥削的抗议的呼声一天天增长,这种抗议逐渐在化为行动,社会上出现了普遍的不稳定现象。契诃夫笔下就出现了饱含着这种时代精神的人物。

《农民》中的玛丽亚善良、谦虚、有耐性,在这些方面很容易使人想起前期作品《苦恼》中的姚纳那类的人物。她的生活也一样的痛苦,但是她不再像姚纳那么温顺的忍受。"不,自由好得多!"她独自念叨着。她的眼睛越出她那悽惨黯淡的生活在往前看。临到她发现自己就要失去生活中唯一的一点光明和温暖,她那要求自由和幸福的渴望再也压抑不住,小说的结尾出现了一个撕裂人心的场面:"送出五六里后,玛丽亚告别,然后她跪下来,用脸贴着土地,开始痛哭。'又丢下我孤孤单单一个人啦!可怜的我啊!我是多么可怜的、苦命的人啊!'很久很久,她照这样哀叫着;很久很久,奥里格和沙霞看见她仍旧跪在地上,用手抱着头,一个劲儿的向两边叩头,同时白嘴鸦在她的头上飞来飞去。"这哀叫,这姿态,像是一堆干柴,一经点燃,立刻就会烧毁整个黑暗和罪恶的旧社会!在这点上,《村妇》中表现得含蓄多了,然而也更耐人寻味。法法拉是契诃夫笔下的另一类型的农民,生命力旺盛、刚强、勇敢,在血统上她跟《草原》中的戴莫夫,《农民》中的菲奥克拉是一类。他们最不能忍受压迫和贫困。当他们苦闷得没法忍受的时候,戴莫夫还只是发出叫喊:"我好烦哟……咱们这生活又苦又残酷!"菲奥克拉也只是借不正常的恋爱来求得麻醉,法法拉却要采取行动了:"咱们来干掉伯伯和阿辽希卡!"有趣的是她那顶顶温顺的妯娌索菲亚的反应。"索菲亚惊醒过来,没说话。然后她睁开眼睛,呆呆望着天空,望了很久。'人家会看穿的,'她说。……'我怕,……上帝要惩罚我们。'"只要人家看不穿,上帝不惩罚,她也愿意干。——农民们显出不能隐忍、临近爆发的姿态了。

这种姿态在别的作品里有更露骨的表现。《文学教师》中的主人公痛斥了他四周的庸俗生活以后,发出了绝叫:"再也没有比庸俗更可怕、更叫人痛心、叫人愁苦的东西了。我得从这儿逃掉才行,我得今天就逃才行,要不然我就要发神经病啦!"《大沃洛嘉和小沃洛嘉》中的女人急于摆脱她那毫无意义的生活,但是她不肯进修道院,因为那是"不要生活,毁掉生活……扑灭自己的肉体的生机",于是"雇了一辆雪橇,没目的的满街逛荡……"她悽悽惶惶地寻求出路。《带小狗的女人》的结尾,那对情人终于找到了出路,可是它预约了幸福,却也预约了艰苦:"仿佛再过一忽儿,答案就会找到了,于是灿烂的新生活就要开始了似的。他俩都明明白白地感到:结局还远得很,那顶复杂、顶困难的一段路现在只不过刚刚走开头呢。"《匿名氏的故事》中的受侮辱的女人已经体会到战胜艰苦的唯一办法:"人生的意义只在一个东西里才找得到,那就是战斗。拿脚踵踩住毒蛇的脑袋,踩碎它。"在这篇小说里,就连性情温和的人物也严正地指出为了争取自由和幸福,艰苦的斗争是不可避免的:"生活为了保持自己的守旧的轨道,是粗暴无情的,那么人得以其治人之道还治其人之身才成——那就是,在争取自己的自由的时候,他也得同样的残暴无情才成。"

在那些描写知识分子的作品里,鼓舞的气息也很强。知识分子如要发挥自己的力量,首先要克服他们自己内部的敌人。他们从他们各自的错误中纷纷清醒过来。《宴会》中的夫妇终于明白了他们的生活充满多少虚荣和做假,《黑修士》中的考甫林临死忏悔了他的求名的欲望怎样毁灭了自己,《关于爱情》中的爱人终于明白世俗的道德观念的束缚怎样妨碍人走向自由和幸福的道路:"所有那些妨害我们彼此相爱的东西是多么不必要、多么渺小、多么虚伪。我这才明白过来:人如果在恋爱,要就应该根据比普通意义上的幸福或不幸、罪恶或美德更高尚、更重大的东西来考虑这种爱情,要就干脆什么也不考虑。"最彻底的是《决斗》中的拉叶甫斯基。这个虚伪而堕落的知识分子终于经历艰苦的思想斗争,批判自己的错误,认识到自己"生平从没在自己花园里栽一棵树,也没种一茎草……他没做别的,光是破坏、毁灭、说谎……"。他一觉悟,就埋头工作。问题虽然没有完全解决,篇末却出现了鼓励:"寻求真理的时候,人也进两步,退一步。痛苦啦、错误啦、对生活的厌倦啦,把它们抛回来,可是寻求真理的热望和固执的毅力会促使他们不断的前进。谁知道呢?也许他们终于会达到真理吧。"

所有这些人物,以及他们的艰苦的、认真的奋斗精神,很好地表现了在俄罗斯的革命前夜,人民的力量在觉醒,在成长,同时也表现了社会中新旧力量的冲突正在尖锐起来。

这类作品的"调子"不但没有前期作品中那种由焦虑而产生的沉重,而且跟前一种作品的充满轻蔑、鞭挞、欢笑的"调子"也不同。这个"调子"的主要特色是如饥如渴的追求,绵绵不尽的渴慕、带着胜利音调的鼓舞。

这类作品到契诃夫的最后一篇小说《新娘》,就发展到了高峰。

这篇作品是在俄罗斯第一次革命爆发的前两年发表的,作品里出现了革命前夜的先进青年的形象。她还不是革命者,但是不能不说,这形象体现了有初步觉悟的知识青年,她的前途有无限的可能。十九世纪末叶和二十世纪初叶,时代的风暴一定培养了多少这样的青年!

娜嘉富于正义感。真理打开她的眼睛,她马上看出自己家庭和未婚夫家庭的寄生和剥削生活的可耻,她否定了这种生活。美妙的光明社会的理想点燃她的进取心。她不顾婚约的束缚,不顾家人的感情,坚决走出她的生活去追求光明。在这点上,她做到了"粗暴无情"地对待"守旧的轨道"。后来,仿佛要考验自己的决心似的,她重又回到家来,却发现自己"跟别人合不来,孤孤单单,对别人没一点益处,这儿的一切事情对她也没有益处,整个的过去已经被人从她这儿夺去,消灭了,好像已经给人烧掉,连灰烬也给风吹散了似的。"她甚至厌恶了她那张"舒服的、很软的床",她这才判明自己跟旧生活的关系已经完全断了,于是她越发欢畅勇敢地向"宽广辽阔的新生活"迎上前去。

娜嘉纯洁、善良、正直、渴望光明,但是没有别的作品中知识分子的软弱、迟疑、苦闷,她坚强、有决断、有勇气,充满乐观精神。她跟丽巴,成为契诃夫作品中特别耀眼的两颗明珠。

这篇小说里也有新旧力量的冲突。但是代表新力量的,虽然人数还不多,声势却何等浩大!而旧生活,尽管年代久远,根深蒂固,却经不起一点点打击,便迅速地、无可挽回地崩溃下去!"母亲和祖母已经感到过去已经完了,从此不会回来了……就如同在舒适的、无忧无虑的生活中,忽然半夜跑进警察来,搜查一通,说是这家人的家长犯了贪污公款或铸造伪币罪——于是那舒适的、无忧无虑的生活从此完结了一样";而且"这城里样样东西都老了,过时了,专心等着结束,或者等着一种年轻新鲜的东西的开始"。在这冲突中,新旧力量的强弱完全不相称。旧生活的江河日下使人联想到《套中人》的别里科夫,他也是那样的脆弱,经不起一吓,就死了!

作者鲜明地表现了他的政治态度,他带着何等的轻蔑把旧生活送到了阴曹地府,带着何等的热情肯定了新人物。

《新娘》发表以后,第二年肺结核就夺去了他的生命。他还在壮年,只有四十四岁。

契诃夫对旧社会以及它的剥削制度的批判,已经由暴露,憎恨,谴责,轻蔑,鞭挞,以至为它敲了丧钟,走完了他的路。他对祖国的未来的光明社会,却由憧憬,预测,渴求,以至伸出欢迎的手臂,正在大踏步前进。

娜嘉出去以后,做了些什么呢?作者没有写下去。

作者对祖国和人民的幸福前途的信心是不容置疑的。他对祖国前进的道路也不是一无所知,他已经感到革命运动的趋向,甚至看出了暴力手段的不可避免。可是他对新事物的认识毕竟受着限制,不能透彻地理解;例如工人阶级的历史任务,它在革命运动中的先进作用,他都还不能领会,以至作品中在这方面的表现便显得薄弱,因为他跟俄罗斯革命运动始终没有联系。

这位对祖国和人民怀着无限热爱和关切的作家正在他的思想道路上步步向前迈进,竟不能走完他的路,就与世长辞了。

五

早在一八八六年,契诃夫便在信上说,凡是有艺术才能的人,应当"为自己的才能骄傲;他们明白他们的责任不光是跟人们生活在一起,还要对他们起教育的影响"。

契诃夫从来就不是对社会漠不关心的为艺术而艺术的作家。他首先肯定了文学的积极的教育作用。

怎样才能实现文学的这种任务呢?

前面引过契诃夫的一句话:"人,必得在你叫他看见他是什么样子以后,才会变得好起来。"这是说只有忠于现实的作品才有教育的力量。

一八八七年他便在信上说:"小说之所以称为艺术,是因为它按照生活的本来面目描写生活。它的目标是绝对的、直率的真实。"这是他终生奉行的一个信条。

因此,他坚决反对主观主义的创作方法,反对为了讨好读者而不择手段,反对为了满足自己所喜爱的教条而歪曲生活和人物。他在信上说:"我承认,'珍珠'(指凭空捏造出来的理想人物)是好东西,可是作家不是糖果贩子,不是美容专家,不是供应娱乐的人;他必须是一个受责任感和良心约束着的人。"

医学训练对他的现实主义艺术也有帮助,使他在写作时候尊重事实:"因为对于自然科学和科学方法娴熟的缘故,我总加意小心;如若可能,我总要估量到科学的根据;如若不可能,我就索性一字不写。"

既是要求严格的反映真实,作品的题材就必须是人们习见的生活和人物:"为什么要写一个男子跑到北极去隐居,同时他的爱人大叫一声从钟楼上跳下来?所有这些都是不实在的,真实生活里所没有的。人应当写简单的事情:彼得·塞缪诺维奇怎样跟玛丽亚·伊凡诺芙娜结了婚。完了。"

这就出现了他的作品的主要特色:内容尽是平凡的人物和平凡的生活。这些人物做着普通人所做的事,有着普通人所有的心理活动。他们的遭际、命运,是人们习见的。在那二百多篇小说里,作者像医生那样冷静而精密地刻画了生活和人物的本来面貌,没有窜改或者增删。作品的艺术力量正好在于这种平淡。作品越是跟生活本身那样的平淡，就越是获得了说服力量。高尔基说："他的才能的骇人力量在于他从来不独出心裁地虚构什么，从来不描写'世界上所没有的'东西。"

这种描写平淡的人物和生活的作品，包含着丰富的思想内容。作者总是撩开平淡的外衣，揭露它背后藏着的阶级社会的尖锐矛盾。通过它们，人彻底认清了社会的黑暗和光明，还隐隐看见那不见形影的魔鬼（不合理的社会制度）是怎样的荒谬和畸形。

在思想内容上，契诃夫的作品还有另一种魅力。他除了通过人物和生活揭露社会意义以外，还广泛地接触到许多问题，探索人生的意义。这里举一些小例子：在《决斗》中提出各种对人道主义的看法，《带小狗的女人》提出真正的生活和虚伪的生活，《女人的王国》提出了各种恋爱观等，这些都牵涉到生活态度；又例如《薇罗琪卡》提出迟钝麻木问题，《黑修士》中除了其他问题以外还提出暴躁性格的问题,这些表面看来像是出于天性的东西在作品里却显出了新的意义。对现代读者说来,这些富于思想力的地方也许更有趣味。它们使人深思,帮助人更深的理解生活,理解人,乃至理解自己。所有这些问题,粗粗一看,都是平淡到使人不容易留意的,作者却提出来了,犹如各式各样的庸俗性格原也是蒙着平静堂皇的外衣,作者却揭发出来了一样。看见别人所看不见的东西,提出别人所不注意的问题,首先是因为作者对现实生活中的人、生活、生活态度是从很高的标准上看下来的,作者看出了人在正常的、全面的发展以后,人性会是什么样子,生活会是什么样子,生活态度是什么样子。他具有尖锐的洞察力,善于在现实生活的琐屑小事中看出重要内容,在表面没破绽的地方看出破绽。在这个意义上说,契诃夫是站在生活的高处,凭着人间万物所应达到的高度水准来衡量生活的。因此,他的作品实际上还包含着另一种社会意义:未来社会的美好理想和当前社会的丑恶现实的矛盾。

他反对主观:"主观是一种可怕的东西。它的坏处在于露出了作者的手和脚。"他在一封信上谈起他写《贼》的方法时说:"当然,把艺术跟说教混合在一起,是愉快的事;不过对我个人来说,由于我的写作方法的缘故,这却是极困难,而且几乎是不可能的。为了在七百行文字里写出偷马贼,我得时时刻刻用他们的腔调来说话,思想,用他们的心肠来感觉。……"

他的作品那些叙事写人的地方,那些心理分析的地方,由于作者严守着客观的精神,就显得无比的真实和细腻。一切都入情入理,不容怀疑。人物和事件在作品里表现了明确和精密。另一方面,正是因为作者的冷静才引起了误解,认为他在冷血地对待生活,事实是在作品的冷静描写中巧妙地编织着作者的思想感情。作家总是在选择题材,编排故事,特别是人物塑造的过程中,流露了他的见解和爱憎的。他在一封信上讲到他的小说《宴会》说:"我从来没有掩藏过我自己。……既然我同情我的女主角奥尔格·密哈益罗芙娜,我就不在我的小说里掩藏我自己,这同情是十分清楚的。"

契诃夫的这种创作方法特别表现在人物的塑造上。例如晚期作品中他写了些剥削阶级中的人物。《三年》中的老父亲对待职工专横暴虐,这是一面;对待家人又是温存亲爱的,这是另一面。最后他自己成了瞎子,衣食无人照管,显得可怜,可是直到这时候他还不能原谅他那故去的女儿(只因为女儿结婚时没得到他的许可),心肠又是多狠!但是他自有他的解释:"在我们的生意上,谁也不能宽恕,要是你宽恕一切人,不出三年,你就垮了。"这才深刻地暴露了剥削制度和剥削生活具有怎样的毁灭力量,使人变成野兽!作者对这种坚持做剥削者的人物是一无好感的,但他并没把他写成青面獠牙,而是显示了这个人物的复杂性格和它的社会根源,写出了他的可恶的行为和可怜的下场,于是出现了可以理解的、真实的活人和真实的生活。作者又在《三年》和《女人的王国》里描写了不满本阶级的青年。他们看出本阶级的生活的丑恶,不满意它,同时他们既跳不出这生活,就不能不顺应这生活的要求鬼混下去,因此《三年》中的青年悲哀和颓废(小说开始时他多么爱他的情人,到小说结尾她真的爱他了,他却冷淡了),这是一面;另一面,《女人的王国》中的青年女厂主并没有对饥寒交迫的工人仁慈一下,把几千卢布给他们,而是给了完全不该得的无耻律师。《三年》中的青年整顿那个仓库(工人的"行刑室"),也还是为了巩固自己的剥削生活。所有那些人物是那么完整而又那么复杂,使人生出时而同情,时而反感的复杂感情。这就见出作者立在生活的高处,清醒而客观的描写这些人物,从未来社会的正确合理的新秩序的角度反映了旧社会制度的全部罪恶。

在契诃夫的作品里,这种清醒、客观的反映现实的艺术并不排斥积极的浪漫主义精神。作品中的人物的美和丑都是现实生活中所原有的,因此是真实的,使人信服的;同时作者相信善和正义,相信它们终将胜利,就挖掘了美和丑的性格的全部深度,夸张地、突出地表现他们,使他们显得比现实中的人更美,或者更丑(例如《农民》中的丽巴和《醋栗》中的地主的猪相),因而引起了读者的强烈的爱憎。在他的后期作品中,浪漫主义精神更加明显。

作者的一生精力主要是用在短篇小说的写作上。为了适应短篇小说的短小精悍的特点,契诃夫培养了他的概括能力——简练。契诃夫在一封信上说到他的题材的典型化过程:"我只能凭记忆写东西,不能见着什么动笔就写。我得让题材在我的记忆里就跟在筛子里一样的筛一遍,为的是使筛出来的东西一定是重大的或者典型的。"在作品里,他靠了丰满的形象突出主题思想。他的简练就表现在人物的塑造上。在早期,他寥寥几笔写出虽然单纯然而生动的人物;后来,人物性格趋于复杂,他也总是抓住几个特征,甚至只是生活细节,便画出了活生生的人。例如《不安分的客人》中守林人的由爱财而产生的鄙吝表现在怠慢客人上,尤其是那只饿猫身上。临到深夜远处传来求救声,他不顾人情,坐视不理,他那由爱财而产生的冷酷就完全摊开,那些哭穷的话、宗教的信证明了是他的伪善。到后期作品里,出现了充满矛盾的完整性格,如《套中人》的别里科夫。除了生活习惯上、话语上、生活环境上的各种外在特征以外,这个保守性格在行动中还表现得又庄严又卑鄙,又勇敢又胆怯,又专横又奴相,又坚强又软弱。这是一个不容易使人忘却的典型。在另外一些小说的短短篇幅里,作者甚至写了人物的一生,例如《约内奇》和《宝贝儿》。而且作者在表现人物的同时,又把他四周的生活完整的简练的表现出来,例如《在故乡》《约内奇》《女人的王国》等。这些小说的结构也是千变万化的,《嫁妆》里所写的只是三次会面,《在路上》没头没尾,《在故乡》写了人物转变的全部过程。这些小说大都是写得谨严、冷静、含蓄的,但是有时候又冒出了抒情的气味,例如《草原》《带小狗的女人》

等。可以说,契诃夫在适应短篇小说的特点的范围里,把这种体裁发展成为绚烂多彩的东西了。

对契诃夫的现实主义的艺术成就,高尔基在写给契诃夫的一封信上做出这样的结论:"您在杀死现实主义!"(一九〇〇年)。这话有双重意义:就俄罗斯批判的现实主义传统来说,契诃夫的成就达到了新的高峰;就时代的要求来说,批判的现实主义却已经到了必须让位给社会主义现实主义的时候。

六

作为进步的民主主义作家,批判的现实主义作家,契诃夫留下了丰富的文学遗产。

在他的作品中,我们看见一个刚强而坚定的人,怀着满腔的爱国热情,沉痛地揭露旧社会的罪恶,教育人民憎恨它,而且他用坚信不疑的、渴盼的眼光眺望祖国的光明前途,鼓舞人民前进。

我们还看见他带着无穷的热爱和信心描写人民的美德和力量,肯定他们的幸福前途。他写到人民的苦难时,不禁发出关怀和焦虑的叹息,写到人民的敌人土崩瓦解时又是多么欢欣雀跃!

他的一部分暴露性的作品,至今仍有现实的教育意义。在我们的新社会里,旧思想和旧作风的影响还是存在的,像《套中人》《普里希别耶夫中士》《黑修士》等作品就能够作为一面镜子,一根鞭子,帮助我们向那些残余影响作斗争。原样不动的别里科夫、普里希别耶夫、考甫林大概是不会有了,但是改头换面的保守思想、命令作风、自负态度却仍旧是我国进步道路上的障碍。

创造新文化和新文学是我们当前的重大任务之一。社会主义现实主义文学固然不同于有局限性的批判现实主义,但是另一方面它又是批判现实主义的发展。中外古典作品的经验就有批判的吸收的必要。

我们的文学工作者为了完成新的历史条件下的新任务,可以向契诃夫学许多东西。

他的作品包含着热烈的爱祖国爱人民的精神,包含着高度的思想性和人民性。

他的作品的艺术力量,他的现实主义的总的精神,是忠于现实,因而杜绝了公式化概念化的倾向和形式主义的倾向。

他善于写平凡人物和平凡生活,为文学活动开辟了广大的天地。新社会正在培养整整一代的新人物,不只是少数的杰出人物。描写那些集中表现优美品质的英雄人物,自然是必要的,但是不能说只应该限于描写这些。在普通人身上,在平凡生活中,同样闪烁着不显眼的英雄主义行为,不显眼的优美品质,和他们的精神的成长。这些也表现了社会的新面貌。

他是短篇小说的巨匠,灵活地运用了这种体裁,发展了这种体裁。在文学部门中,这种体裁的重要性是不消说的。伟大的作家有如一片汪洋大海。为了更好地向他学习,契诃夫的思想特点和艺术特点还有待于我们做具体的、深入的研究。

原载《人民文学》一九五四年第七期

巫　婆

时间临近深夜。教堂诵经士萨韦利·盖金在教堂看守人的小屋里一张大床上躺着。虽然他养成习惯，素来跟鸡同一个时辰睡觉，可是今天他却没睡着。他那条被子是用五颜六色的花布片缝成的，已经很脏。他那红褐色的硬头发从被子的这一头钻出来，被子的另一头呢，伸出他那双很久没有洗过的大脚。他在听……他的小屋嵌在教堂围墙当中，只有一扇窗子对着旷野。旷野上正在进行一场真正的厮杀。谁都难于听明白这是谁要结果谁的性命，究竟为了消灭谁才闹得天翻地覆,不过根据那种险恶而又经久不息的喧嚣声来判断,必是有谁打了很大的败仗。得胜的一方正在旷野上穷追敌人,咆哮着冲进树林,窜上教堂的房顶,举起拳头凶狠地敲打窗子,大发雷霆,败北的那一方却在哀号,痛哭……凄厉的哭声时而就在窗外响,时而升高,到房顶上去了,时而又钻进火炉里。那哭声不是求救的呼喊,而是悲悲切切,知道大势已去、无法挽救的哀号。雪堆蒙上薄薄的一层冰壳,雪堆上,树木上都有泪珠颤抖,大路和小径上泛滥着由泥土和溶化的雪水合成的黑色泥浆。一句话,大地正在解冻,可是夜色太黑,天空看不清这一点,却用尽全力把大片的新雪撒在解冻的大地上。风在空中游荡,像醉汉似的……它不让雪落在地面上,却在黑暗里由着性儿把它卷来卷去。

盖金倾听着这种音乐,皱起眉头。问题在于他知道,或者至少已经猜出窗外这场动乱会闹出什么事来,而且是谁在操纵这场动乱。

巫 婆 集

"我知道!"他嘟哝说,在被子里举起手指威胁着一个什么人,"我全知道!"

诵经士的妻子赖萨·尼洛夫娜在窗旁的凳子上坐着。一盏铁皮小灯放在另一个凳子上,仿佛胆怯而且不相信自己的力量似的,洒下微弱而闪烁的亮光,照在她宽阔的肩膀上,照在她美丽诱人的身体轮廓上,照在她那根垂到地面的粗辫子上。她正在用粗麻布缝麻袋。她的双手很快地活动着,然而她的整个身体、眼神、眉毛、厚嘴唇、白净的脖子,却一动也不动,专心干那种单调而机械的工作,仿佛睡着了似的。她只偶尔抬起头来,让她那疲乏的脖子休息一下,瞟一眼窗外,看看风雪怎样在那儿逞威,然后又对着那块粗麻布低下头去。她美丽的脸上生着一个狮子鼻,两边有两个酒窝,然而那张脸却一无表情,既没有愿望,也没有忧伤,更没有欢乐。美丽的喷泉在不喷水的时候,也总是这样一无表情的。

不过后来她总算做完一个麻袋,把它丢在一旁,舒畅地伸懒腰,把昏花呆板的目光停在窗子上……窗玻璃上淌着水珠,粘着些白色的、短命的雪花。那些雪花落在玻璃上,看一眼诵经士的妻子,就溶化了……

"你过来睡吧!"诵经士嘟哝说。

诵经士的妻子一声不响。可是突然,她的睫毛动弹一下,眼睛里流露出注意的神色。萨韦利本来一直躺在被子里观察她脸上的表情,这时候就伸出头来,问道:

"怎么了?"

"没什么……好像有人来了……"诵经士的妻子轻声回答说。

诵经士就用胳膊和腿撩开被子,爬起来,在床上跪着,呆瞪瞪地瞧着他的妻子。小灯那胆怯的亮光照亮他满是胡子的麻脸,从他蓬松的硬发上滑过去。

"你听见了吗?"他的妻子问。

在风雪单调的呼啸声中,他隐约听见玎玲玲的尖细的哀叫声,像是一只蚊子想要落到人的脸上来,却受到阻挠,于是生气了,就嗡嗡地叫起来似的。

"那是邮车……"萨韦利蹲在自己的脚后跟上,叽咕说。

离教堂三俄里远有一条驿道。遇到刮风的天气,如果风从大路刮到教堂来,那么在这小屋里住着的人就能听见车铃声。

"主啊,这样的天气还有这种兴致赶着车出来!"诵经士的妻子叹道。

"这是公事。你高兴也罢,不高兴也罢,反正得赶着车上路……"

哀叫声在空中响了一阵,停了。

"车子过去了!"萨韦利躺下去,说。

可是他还没来得及盖上被子,清楚的车铃声却又传到他耳朵里来。诵经士不安地看一眼妻子,从床上跳下地,摇晃着身子,在火炉旁边走来走去。小铃铛略微响了一会儿,又停了,仿佛破裂了似的。

"听不见了……"诵经士叽咕一句,站住,眯细了眼睛瞧着妻子。

可是就在这时候,风敲打窗子,又把尖细清脆的哀叫声送来了……萨韦利脸色煞白,喉咙里干咳一声,又光着脚在地板上走来走去。

"有人在叫那辆邮车兜圈子!"他声音沙哑地说,恶狠狠地斜起眼睛瞧着妻子,"你听见吗?邮车给摆布得不住兜圈子!我……我知道!我怎么会不……不明白?"他叽叽咕咕说,"我全知道,你这该死的!"

"你知道什么?"诵经士的妻子轻声问道,眼睛没离开窗子。

"我知道这都是你干出来的,女妖魔!都是你干出来的,你这该死的!不管是这场风雪还是那辆邮车兜圈子……一概都是你干出来的好事!都是你!"

"你发疯了,糊涂虫……"诵经士的妻子平静地说。

"我早就看穿你这一手了!当初结婚的时候,我头一天就看出你身子里流着母狗的血!"

巫　婆　集

"呸！"赖萨惊愕地说,耸了耸肩膀,在胸前画个十字,"你快点在胸前画个十字,傻瓜！"

"巫婆就是巫婆,"萨韦利继续用一种要哭出来的低沉声调说,撩起衬衫的底襟匆匆地擤一下鼻子,"虽然你是我的老婆,虽然你是教会里的人,然而就是到了举行忏悔礼那天,我也还是要照直说出你是个什么东西……没错儿！主啊,保佑我,宽恕我吧！去年,先知但以理与三少年①节的前夜,起过一场暴风雪,结果怎么样呢？那个工匠跑到我们这儿来取暖了。后来,到阿历克塞圣徒节,河上的冰刚裂开,那个乡村警察突然跑到这儿来了……他跟你这个该死的聊了个通宵,早晨他走的时候,我瞧他一眼：嘿,他的眼睛周围起了黑眼圈,连两个腮帮子都凹下去了！啊？八月斋期当中有过两次暴风雨,每一回都有个猎人到我们家里来过夜。我什么都看见了,他这该死的！我全看见了！啊,

---

① "但以理与三少年"为《圣经》中人物,参阅《旧约·但以理书》。

她的脸涨得比大虾都红了!啊哈!"

"你什么也没看见……"

"哼,是啊!去年冬天圣诞节前,在克利特十殉教徒节那天,暴风雪闹了一天一夜……你记得吗?首席贵族的文书迷了路,跑到我们这儿来了,那条狗……你贪图他什么呀!呸,区区一个文书罢了!为他也值得闹出这么样的天气来!一个臭文人,老是擤鼻涕,身材矮极了,满脸的粉刺,歪着个脖子……要是他长得漂亮倒也罢了,可是,呸,一副鬼相哟。"

诵经士歇口气,擦了擦嘴唇,仔细听着。铃声已经听不见了,然而房顶上猛然刮来一阵风,窗外的黑暗里就又响起了铃声。

"现在那一套又来了!"萨韦利继续说,"邮车不是平白无故转圈子的!要是邮车不是找你,你就朝着我的眼睛吐唾沫好了!啊,魔鬼真会办事,倒是个好帮手呢!他让邮车转来转去,临了就领到这儿来了。我知道!我看得出来!你瞒不了我,你这魔鬼的玩具,邪心思的骚娘们儿！这场暴风雪刚一开头,我马上就明白你安的什么心。"

"好一个蠢货!"诵经士的妻子冷笑说,"怎么,按你那糊涂想法,这种坏天气都是我搞出来的?"

"嗯……你笑吧！是你搞出来的也罢,不是你搞出来的也罢,反正我看得出来:你身上的血一沸腾,天气就变了,天气一变,就准有个疯子跑到这儿来。每一次都这样！可见就是你在作怪!"

诵经士要说得动听些,就把一个手指按住额头,闭上左眼,用唱歌般的声调说:

"啊,疯魔！犹大的罪恶呀！如果你真是人而不是巫婆,你就该用你的脑筋好好想一想:倘或来人不是工匠,不是猎人,不是文书,而是个化了装的魔鬼,那怎么得了！啊？你该好好想一想呀！"

"你也真是糊涂,萨韦利!"诵经士的妻子叹道,怜悯地瞧着她的丈夫,"当初我爸爸在世,住在这儿的时候,有很多人来求他治热病,那些人各式各样,有从乡

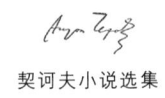

村里来的,有从移民村来的,有从亚美尼亚人的田庄上来的。差不多每天都有人来,谁也没有把他们说成魔鬼。可是现在,一年当中,遇上坏天气,有个把人到我们这儿来取暖,你这个蠢货就大惊小怪,马上生出各式各样的想法来了。"

妻子的道理打动了萨韦利的心。他劈开两只光脚,低下头,沉思了。他还没有坚定地相信自己的揣测,他妻子那种诚恳冷静的声调使他茫然失措,不过话虽如此,他稍稍沉吟一下,又摇着头说:

"来人可不是老头子或者罗圈腿,到这儿来要求过夜的都是年轻人嘛……这是为什么?光是取暖,倒还罢了,可是实际上他们是来找乐子的。不,娘们儿,天下再也没有一种活物比你们娘们儿更狡猾的了!讲到真正的头脑,你们一丁点也没有,比椋鸟都不如,可是讲到魔鬼的狡猾,哎呀呀!圣母啊,保佑我们吧!喏,邮车的铃响了!这场暴风雪刚一开头,我就知道你的满肚子坏水!你在施展你的巫术,母蜘蛛!"

巫　婆　集

"你干什么跟我过不去,该死的?"诵经士的妻子失去耐性,发脾气说,"你干什么跟我过不去,粘焦油?"

"我揪住你不放,是因为今天晚上如果出了什么事……求上帝保佑别出事才好……你听着!……如果出了什么事,那么明天天一亮我就到佳科沃村去找尼科季姆神甫,把事情全说穿。我一五一十告诉他:'尼科季姆神甫,请您宽宏大量,原谅我说这种话,不过她真是巫婆。'他就问:'怎么见得?'我说:'嗯……您想知道这里头的缘故吗? 行……'我就原原本本讲出来。那你就要遭殃,娘们儿! 慢说到世界末日审判那天,就是在现世生活中你也要受到惩罚!《圣礼书》上那些咒你们这种人的祷告辞,可不是白写的!"

忽然,有人敲窗子,声音那么响,那么蹊跷,萨韦利吓得脸色发白,蹲下去。诵经士的妻子跳起来,也脸色惨白。

"看在上帝面上,放我们进去吧!"一个颤抖而粗重的男低音说,"谁住在这儿呐?行行好吧!我们迷路了!"

"你们是什么人?"诵经士的妻子问,不敢看窗子。

"邮车!"另一个声音说。

"你那套鬼招数灵验了!"萨韦利说,摆一下手,"果然如此!我说得千真万确……哼,你给我小心点!"

诵经士三蹿两跳上了床,在褥垫上躺下,愤懑地喘着气,翻过身去,脸对着墙。不久他的背上吹来一股冷气。房门吱咽一声开了,门口出现一个高大的人影,从头到脚沾满了雪。他身后闪出另一个人影,也那么白……

"要把邮包抬进来吗?"第二个人用沙哑的男低音问。

"丢在那儿不管可不行!"

说完这话,第一个人就动手解开风帽,可是没等解完,就把它连同制帽一齐从脑袋上扯下,气呼呼地往火炉那边一扔。随后他脱下身上的大衣,也往那边一丢。他也没有打一声招呼,就开始在小屋里走来走去。

这人是个年轻的邮差,生着淡黄色头发,上身穿一件旧的制服上衣,脚上穿一双沾着泥的红褐色皮靴。他走了一阵,身子暖和过来,就靠着桌子坐下,把两只沾着泥的靴子往口袋那边伸过去,用拳头支着脑袋。他那张泛起红晕的白脸仍然带着刚才经历过的痛苦和恐惧的痕迹。尽管他的脸气愤得变了样子,带着不久以前生理方面和精神方面的痛苦所留下的鲜明痕迹,而且眉毛上,唇髭上,圆形的胡子上都挂着正在溶化的雪,然而那张脸还是很漂亮。

"狗一般的生活!"邮差抱怨说,抬起眼睛望着四壁,仿佛不相信他已经到了暖和的地方似的,"我们差点完蛋!要不是你们的灯光,我真不知道会出什么事……鬼才知道这样的日子什么时候才能了结!这种狗一般的生活简直没完没了!我们这是来到什么地方了?"他压低喉咙问道,抬起眼睛看着诵经士的妻子。

契诃夫小说选集

"这儿是古里亚耶夫斯基山岗,归卡利诺夫斯基将军的庄园管。"诵经士的妻子打个冷战,回答说,脸涨红了。

"你听见没有,斯捷潘?"邮差转过身去对马车夫说,马车夫正背着一个大皮袋,卡在房门口,"我们跑到古里亚耶夫斯基山岗上来了!"

"是啊……真远!"

马车夫用若断若续的沙哑叹息声吐出这几个字,走出去,过一会儿背来一个小一点的袋子,然后又走出去,这一回拿来一把邮差用的长刀,是系在宽皮带上的,刀的样子颇像民间木版画《奥罗费尔恩床边的尤季芙》①上画的那把又长又薄的利剑。他把皮袋子堆在墙边,走出去,在前堂坐下,点上他的烟斗。

"跑了这么多路,也许您想喝点茶吧?"诵经士的妻子问。

---

① 即古希伯来传说,尤季芙杀死了巴比伦统帅奥罗费尔恩,从而拯救了被围困的犹太人。——俄文本编者注

巫婆集

"眼下哪有心思喝茶!"邮差皱起眉头说,"我们得赶快暖和一下就动身上路,要不然就会误了邮务列车。我们坐上十来分钟就走。不过,求你们行行好,给我们领路吧……"

"上帝用这种天气惩罚人啊!"诵经士的妻子叹道。

"嗯,是啊……请问你们是什么人?"

"我们吗?我们是本地人,在教堂里做事……我们是教会里的人……喏,我的丈夫就躺在那儿!萨韦利,你快起来,跟人家打个招呼嘛!从前这儿是教区,一年半以前这个教区取消了。当然,从前地主们住在这儿的时候,人很多,也就值得立一个教区,如今呢,地主们不在这儿了,那么您想想看,教会里的人靠什么生活?离这儿最近的一个村子叫马尔科夫卡,可是就连它也在五俄里以外哟!现在萨韦利成了编制以外的人员……改当看守了。他奉命看管这个教堂……"

邮差马上又听到那个女人说,假使萨韦利肯到将

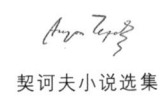

军夫人那边去一趟，求她给主教写一封信，他就会得到好差事，可是他没有到将军夫人那儿去，因为他懒，而且怕见人。

"不过我们仍旧算是教会里的人……"诵经士的妻子补充了一句。

"那你们靠什么生活呢？"邮差问。

"教堂有一片草场和一个菜园。不过我们从这两块地里得到的收入却很少……"诵经士的妻子叹道，"佳科沃村的尼科季姆神甫，那个贪心的人，每到夏天的尼古拉节和冬天的尼古拉节都要到这儿来主持礼拜，顺便把收成几乎全拿走了。没有人给我们做主！"

"你胡说！"萨韦利声音沙哑地说，"尼科季姆神甫是个圣者，是教会的明星。如果他拿走什么，那也是按规章该拿的。"

"你那口子脾气倒不小！"邮差含笑说，"你结婚很久了吗？"

"到今年大斋前最后一个星期日，已经满三年了。

从前我爸爸就在这儿当诵经士,后来,他老人家临死以前,到正教管区监督局去,求他们派一个没结过婚的诵经士到这儿来接替,好让我就地成家。我就嫁给他了。"

"啊哈,这样说来,你倒一个拍子打死了两只苍蝇呢!"邮差瞧着萨韦利的后背说。"既得了差事,又得了老婆。"

萨韦利没好气地扭了一下大腿,越发往墙那边挨过去。邮差从桌子旁边站起来,伸个懒腰,在邮袋上坐下。他沉吟一下,就伸出手去揉揉邮袋,把他的长刀放在另一个地方,平躺下去,一条腿碰到了地面。

"狗一般的生活……"他嘟哝一句,把两只手垫在脑袋底下,闭上眼睛,"我甚至不希望凶恶的鞑靼人过这样的生活。"

不久就万籁俱寂。这儿只能听见萨韦利的喘息声和睡熟的邮差平匀缓慢的呼吸声,他每呼一口气都要发出低沉而拖长的呼噜呼噜声。偶尔,他的喉咙里,像车轮似的发出吱吼一声,他的腿就抽动,碰得邮袋沙沙地响。

萨韦利在被子里翻个身,慢腾腾地回过头来看一眼。诵经士的妻子正坐在凳子上,两个手心托着脸颊,瞅着邮差的脸。她的目光呆呆不动,就跟满心惊恐的人一样。

"喂,你干吗盯住他?"萨韦利生气地小声说。

"这关你什么事?你睡你的!"诵经士的妻子回答说,眼睛没有离开生着淡黄色头发的脑袋。

萨韦利生气地吐出他胸中的气,猛地翻回身,脸对着墙。过了三分钟光景,他又不安地翻个身,爬起来,在床上跪着,把两只手撑在枕头上,斜起眼睛看他的妻子。他妻子仍然不动,瞧着客人。她的脸颊苍白失色,目光里燃着一种奇怪的火。诵经士干咳了一声,肚皮朝下,从床上爬下来,走到邮差跟前,用一块手绢蒙上他的脸。

"你这是干什么?"诵经士的妻子问。

巫 婆 集

"免得灯光照他的眼睛。"

"那你索性把灯吹灭!"

萨韦利狐疑地看了看他的妻子,努出嘴唇凑到小灯上去,可是立刻醒悟过来,把两只手一拍。

"哼,这不就是魔鬼的花招吗?"他叫起来,"啊?哼,难道还有什么活物比女人更狡猾?"

"啊,长衣襟的恶魔①!"诵经士的妻子咬住牙,嘶嘶响地说,恼恨得皱起眉头,"你等着就是!"

然后她舒舒服服地坐好,又定睛瞧着邮差。

邮差的脸给蒙上了,这倒没什么关系。引起她兴趣的,与其说是他的脸,倒不如说是他的整个身体,这个男子的新奇之处。他的胸膛宽阔,有力,他的手瘦长,好看,他那两条筋肉饱满而匀称的腿比萨韦利的那两条"矮墩子"好看得多,挺拔得多。这两个人甚至不能相比。

---

① 俄国教士的法衣是长衣襟的。

"就算我是长衣襟的魔鬼吧,"萨韦利呆站了一会儿,说,"他们也不该在这儿睡觉呀……是啊……他们在办公事,我们却把他们留在这儿,我们就要负责。既是运邮件,那就去运,不该睡觉嘛……喂,你!"萨韦利朝前堂喊了一声,"你,赶车的……你叫什么名字来着?要我送你们一程还是怎么的?起来,带着邮袋可不能睡觉!"

动了肝火的萨韦利跑到邮差跟前,拉一下他的衣袖。

"喂,先生!要赶路就去赶路。再不走,那可就不对头了……睡觉是不行的。"

邮差跳起来,又坐下,用茫然的目光扫了一眼小屋,又躺下去。

"你到底什么时候才去赶路?"萨韦利喋喋不休地说,拉他的衣袖,"要知道,办邮务就是要把邮件按时送到,听见没有?我来送你们一程。"

邮差睁开眼睛。他已经暖和过来,刚才酣畅地睡过一觉,正浑身发软,还没有完全清醒过来,像在迷雾中似的看见诵经士妻子的白脖子和她那凝然不动的、油亮的目光,就闭上眼睛,微微一笑,仿佛在做梦似的。

"哎,这样的天气怎么能赶路!"他听见一个柔和的女人声音说,"自管睡吧,踏踏实实地睡吧!"

"那么邮件呢?"萨韦利不安地说,"谁来运邮件呢?莫非你去运?你?"

邮差又睁开眼睛,看一眼诵经士妻子脸上两个活动的酒窝,想起他是在什么地方,明白了萨韦利的话。他想到他马上就要到寒冷的黑暗当中去赶路,就不由得从头到脚,周身起鸡皮疙瘩,身子蜷缩起来。

"还可以再睡个五分钟……"他打着呵欠说,"反正也是误了……"

"也许我们还赶得上!"前堂里有个说话声响起来,"瞧着吧,说不定我们走运,火车也误了点呢。"

邮差站起来,舒服地伸了个懒腰,开始穿大衣。

萨韦利看见客人们准备动身,简直高兴得像马嘶似的笑起来。

"你倒是帮一帮忙啊!"马车夫正从地板上抬起邮袋,对他嚷道。

诵经士就跑到他跟前,跟他一块儿把邮袋抬到外边去。邮差动手解开风帽上的结子。诵经士的妻子凝神看着他的眼睛,仿佛要钻进他的灵魂里去似的。

"应该喝点茶才对……"她说。

"我倒无所谓……可是他们已经打点着动身了!"他同意说,"反正也已经误了。"

"那您就留下吧!"她小声说,低下眼睛,碰碰他的衣袖。

邮差终于解开结子,迟疑不决地把风帽搭在胳膊肘上。他站在诵经士的妻子身旁,觉得很温暖。

"你的脖子……多么好看……"

他伸出两个手指碰了碰她的脖子。他看见她并不抗拒,就伸手摩挲她的脖子和肩膀……

"嘿,真好看……"

巫婆集

"您就留下吧……喝点茶。"

"你这是往哪儿放?你这加了糖浆的蜜粥①!"外边传来马车夫的说话声,"要横着放。"

"您就留下吧……瞧,风刮得多么厉害!"

邮差还没醒透,还没来得及抖掉青春恼人的睡意,这时候突然被一种欲望抓住,为这种欲望他忘了邮包,忘了邮务列车……忘了人间万物。他惊慌地看一眼门口,仿佛打算逃跑或者藏起来似的,一把搂住诵经士妻子的腰,正低下头去凑近那盏小灯,想吹灭,不料前堂里响起了皮靴声,马车夫在门口出现了……萨韦利在他肩膀后面往里看。邮差赶快松开手,站住不动,仿佛在沉思似的。

"都准备好了!"马车夫说。

邮差呆站了一会儿,猛地摇一下头,好像终于醒过来了,跟着马车夫走出去。屋里只剩下诵经士的妻子

---

① 骂教士的话,因为教士在出丧人家主持宗教仪式的时候总喝到蜜粥。

一个人了。

"好,你坐上车,给我们领路吧!"她听见外边有人说。

一个小铃铛懒洋洋地响起来,随后另一个小铃铛又响了,接着一长串细碎的铃声从小屋这儿飘走了。

等到铃声渐渐消失,诵经士的妻子就猛一转身,离开原来的地方,烦躁地从这个墙角走到那个墙角。她先是脸色苍白,后来又满脸通红。她的脸由于仇恨而变了样,呼吸发抖,眼睛闪出疯狂凶暴的怒火。她走来走去,仿佛关在笼子里似的,活像一头雌老虎,受到烧红的烙铁的威胁。她停住一会儿,看一眼她的住处。那张床差不多占据半个房间,有整个后墙那么长,床上铺着肮脏的褥垫,有灰色的硬枕头,有被子,有各式各样叫不出名字来的破烂。那张床成了乱糟糟一团难看的废物,几乎跟萨韦利脑袋上的那堆头发一样,哪怕他特意用油抹平,却仍然竖起来。有个乌黑的炉子,从那张床一直伸到通往寒冷的前堂的门口,上面放些盆盆罐罐，挂着破衣烂衫。一切东西，包括刚刚出外的萨韦利在内，都出奇地肮脏，油污，漆黑，在这样的环境里见到女人的白脖子和细嫩的皮肤是会感到奇怪的。诵经士的妻子跑到床跟前，伸出手，仿佛打算把那些东西统统丢掉，踩坏，撕得粉碎，可是后来，她一碰到那些脏东西，却像吓坏了似的，倒退回来，又开始走来走去……

过了两个钟头，萨韦利走回来，身上满是雪，筋疲力尽了。可是她已经脱掉衣服，躺在床上。她的眼睛闭着，然而从她脸上肌肉的细微颤动来看，他猜出她没睡着。他在归途中本来已经打定主意一言不发直到明天，也不碰她，可是这时候他忍不住要挖苦她几句。

"你那套巫术算是白搭：他走了！"他说，幸灾乐祸地笑着。

诵经士的妻子没有说话，只是她的下巴在颤抖。萨韦利慢腾腾地脱掉衣服，从他妻子身上爬过去，贴着墙躺下。

"瞧着吧，明天我就去对尼科季姆神甫讲明，你这个老婆是个什么东西!"他唠叨着,把身子缩成一团。

诵经士的妻子很快地朝他转过脸来,两眼炯炯有光地瞧着他。

"你有这么个差事就心满意足了,"她说,"那你该到树林里去找老婆才是!我算是你的什么老婆?巴不得你断了气才好!你这个糊涂虫,懒骨头,你把我磨得好苦,求主饶恕我吧!"

"得了,得了……你睡吧!"

"我好命苦啊!"诵经士的妻子哭着说,"要不是你,说不定我会嫁给一个商人或者贵族!要不是你,现在我就会爱我的丈夫!你怎么就没让雪埋掉,怎么就没在那边大路上冻死,你这个希律①!"

诵经士的妻子哭了很久。最后她深深地叹口气,止住哭泣。风雪仍然在窗外肆虐。不知什么东西在火炉里哭,在烟囱里哭,在墙外哭。萨韦利觉得这个东西

---

① 根据基督教传说,希律是个暴君,处死了耶稣。

就在他身子里哭,就在他耳朵里哭。今天晚上他才彻底相信他对他妻子的揣测。他本来就认为他妻子由魔鬼帮忙,操纵风雪和邮车,现在关于这一点他已经毫不怀疑了。然而使他非常痛苦的是,这种神秘,这种超出常情的神通,反而给他身旁躺着的女人添上一种特殊的和不可理解的魅力,这却是他以前从没感到过的。他那种糊涂想法不知不觉把她美化,她好像变得更白净,更光润,更难于接近了……

"巫婆!"他愤愤地说,"呸,真叫人恶心!"

可是话虽如此,等到她止住哭声,开始均匀地呼吸,他就伸出手指去摸一下她的后脑壳……把她的粗辫子放在手里握一会儿。她没觉得……于是他大起胆子,摩挲她的脖子。

"躲开我!"她叫道,使劲用胳膊肘推开他,不料正巧戳在他的鼻梁上,弄得他的眼睛里迸出了金星。

他鼻梁上的疼痛不久就过去,然而他精神上的痛苦却绵延不断了。

村　妇

　　拉依布日村里,教堂的正对面,立着一所用石头奠基和铁皮盖顶的两层楼房子。绰号大舅的房主人菲里普·伊凡诺夫·卡欣,带着一家人住在楼下。楼上是过路的官吏、商人、地主下榻的地方,那儿夏天很热,冬天很冷。大舅租下一块地,在大道旁边开一家酒店,出售焦油、蜂蜜、牲口、喜鹊,他已经积下大约八千卢布,存在本城的银行里。

　　他的大儿子费多尔在工厂里担任机械工长,庄稼汉们一提起他就说,他已经爬上高枝儿,现在大家跟他高攀不上了。费多尔的妻子索菲雅是个难看而有病的村妇,住在她公公家里,老是哭泣,每逢星期日总到医院里去看病。大舅的第二个儿子,驼背的阿辽希卡,住在父亲家里。不久以前他娶了一个穷人家的姑娘,名叫瓦尔瓦拉。这个村妇年轻、俊俏、健康,打扮得花枝招展。每逢官吏们和商人们来住宿,他们总是要瓦尔瓦拉给他们烧茶炊和铺床。

六月里的一天傍晚,太阳已经下山,空气里满是干草、晒热的畜粪、新鲜的牛奶的气味,这时候有一辆普通的板车驶进大舅家的院子,车上坐着三个人:一个三十岁上下的男子,身穿帆布衣服,旁边坐着一个七八岁的男孩,穿一件黑色长上衣,配着骨制的大纽扣,车夫座位上坐着一个穿红色衬衫的年轻小伙子。

小伙子把马卸下来,拉到街上去遛一遛。那个过路的客人洗过脸,对着教堂祷告一番,然后在板车旁边铺好一块车毯,跟男孩一块儿坐下来吃晚饭。他吃得不慌不忙,规规矩矩。大舅这辈子见过很多旅客,现在

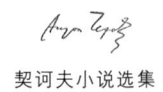

从这人的举止看出,他是个认真严肃而且自视很高的人。

大舅坐在门廊上,只穿着坎肩,没戴帽子,等着旅客开口说话。他习惯于傍晚听旅客们在临睡前讲各式各样的事情,他喜欢听。他的老伴阿方纳西耶芙娜和儿媳妇索菲雅正在棚子里挤牛奶,另一个儿媳妇瓦尔瓦拉则坐在楼上敞开的窗口嗑葵花子。

"这个小家伙是你的儿子吧?"大舅问旅客说。

"不是的,他是我的养子,原是个孤儿。我是为了拯救我自己的灵魂才收养他的。"

他们攀谈起来。原来这位旅客是个喜欢讲话、谈锋很健的人。大舅从谈话中知道他是城里的小市民,有房产,名字是玛特威·萨维奇,现在去查看他从德国侨民那儿租来的果树园;男孩名叫库兹卡。这天傍晚又闷又热,谁也不想睡觉。等到天黑下来,天空中这儿那儿闪着苍白的星星,玛特威·萨维奇就开始讲库兹卡的来历。阿方纳西耶芙娜和索菲雅站在稍远的地方听着,库兹卡往大门口走去。

"老大爷,这是一个非常曲折的故事,"玛特威·萨维奇开口了,"要是我把这件事的经过一五一十讲给你听,那是一夜也讲不完的。大概十年以前,我们那条街上跟我家毗邻的那所小房子里,住着一个年老的寡妇玛尔法·西蒙诺芙娜·卡普龙采娃,如今那所小房子里开了蜡烛厂和油坊了。老寡妇有两个儿子,一个在铁路上做车长,另一个名叫瓦夏,跟我同岁,住在他妈妈家里。去世的老人卡普龙采夫养着五对马,打发赶大车的车夫到全城去做拉货的生意。寡妇没有丢下这个生意,而且指挥车夫也不比亡夫差,因此有些日子单靠这几匹马就能挣到足足五个卢布。那小伙子也有小小的进项。他养些良种的鸽子,卖给鸽子迷。有时候他一直站在房顶上,拿一把扫帚往上扔,吹口哨,那些筋斗鸽就飞上云霄,他还嫌不够,要它们飞得再高点。他常捉黄雀和椋鸟,做鸟笼子。……这是不值一提的工作,可是靠这种小营生一个月说不定倒也能挣来十个卢布呢。好,日月如梭,老太婆的两条腿瘫痪,躺在床上起不来了。这么一来,家里可就缺了女主人,好比一个人缺了眼睛。老太婆心思不定,决意给他的瓦夏娶媳妇。她马上叫来媒婆,照女人家那样谈谈说说,一来二去,我们的瓦夏就出外相亲去了。他相中了寡妇萨莫赫瓦里哈的女儿玛宪卡。他们没多耽搁就把亲事讲定,不出一个星期事情全办妥了。这个姑娘年轻,十七岁左右,身材矮小,可是脸庞白净,好看,处处都像一位小姐。她带来的陪嫁也不错:五百卢布的现钱、一头奶牛、一张床。……那老太婆好像早就预感到似的,在儿子婚后第三天,她就归了天,到那个既没有疾病也没有叹息的地方去了。新婚夫妇把死者安葬后就开始一块儿过日子。他们头半年过得很顺心,不料,忽然来了新的灾难。俗语说得好,'祸不单行',瓦夏被征去当兵了。可怜的人,人家硬要他去当兵,甚至不准他出钱免服兵役。他们剃光他的头发,把他送到波兰帝国。这可是上帝的旨意,没法可想哟。他在院子里跟妻子告别的时候,倒还没什么,可是临到他最后看一眼住着鸽子的干草棚,他的眼泪就止不住流下来了。瞧着都觉得可怜。起初玛宪卡怕一个人觉得寂寞,就把她母亲接过来住。她母亲一直住到这个库兹卡出世,随后就到奥博扬城去找她另一个也已出嫁的女儿去了,撇下玛宪卡跟娃娃孤零零地过活。那五个赶大车的庄稼汉都是酒鬼,终日胡闹。可是,那些马啦,大板车啦,都得有人照看,篱墙破了或者烟囱里的煤烟起了火,都不是娘们儿家管得了的,她遇上这些小事总央求我这个邻居帮忙。好,我就去了,料理一下,出个主意什么的。……当然,我也免不了走进屋里,喝一口茶,谈谈天。我是个年轻而聪明的人,喜欢谈各式各样的事。她呢,也受过教育,懂得礼数。她打扮得干净利索,夏天出门总打着阳伞。有时候我开导她,给她讲宗教或者政治,她认为我看得起她,就请我喝茶,吃果子酱。……总之,老大爷,不要把话说长,我对你直说了吧,不出一年,魔鬼,人类的仇敌,就迷住了我的心窍。

我渐渐觉得我哪天没去找她,就好像不自在,闷得慌。我老是找个由头到她那儿去一趟。我说:'您这儿该安上冬天的窗子了。'于是在她那儿待上一整天,一边给她安窗子,一边留下两个窗子好第二天再去安。'应当把瓦夏的鸽子点点数,看有没有走失。'总之,我找出这一类的借口就是了。我老是隔着篱墙跟她讲话,后来我为了免得绕远路,就索性在篱墙上开一个便门。在这个世界上,女人总是惹出很多坏事和祸害。漫说我们这些罪人,就连圣徒也难免上钩哟。玛宪卡并没叫我别再到她那儿去。她非但不想念她的丈夫,守身如玉,反而爱上我了。我开始注意到,她也闷得慌,老是在篱墙旁边走来走去,隔着篱笆缝瞧我的院子。我的脑子里胡思乱想,闹得不可开交。在复活节周星期四那天,我一清早去赶集,天刚亮,我走过她家的门口,这时候魔鬼就来了。我往里一看(她那道门的上部有一排空格子),她已经醒了,正好站在院子当中喂鸭子吃食。我忍不住叫了她一声。她就走过来,隔着格子瞧我。她那脸蛋儿白白的,一双温存的眼睛带着睡意。……我很喜欢她,就开口对她说了些称赞的话,好像我们不是在门口而是在命名日宴会上讲话似的。她涨红脸,笑了,一直瞧着我的脸,连眼睛都不眨一下。我神魂颠倒,对她说穿了我爱她的情意。……她开了门,把我放进去,从那天早晨起我们就像一对夫妇那样过活了。"

驼背的阿辽希卡从街上走进院子,喘着气,对谁也没看一眼,跑进正房去了。过了一分钟,他拿着手风琴从房里跑出来,衣袋里的铜钱叮叮当当响,一面跑一面嗑着葵花子,冲出大门外边去了。

"这是你们家里的什么人?"玛特威·萨维奇问。

"他是我的儿子阿历克塞①,"大舅回答说,"他喝酒去了,这个坏包。上帝罚他驼背,所以我们管得也就不很严了。"

---

① 上文阿辽希卡是阿历克塞的昵称。

"他老是找伙伴们喝酒,老是喝酒,"阿方纳西耶芙娜叹口气说,"谢肉节①前,我们给他成了亲,心想他会好一点,可是反而更不行了。"

"真是没用。反而白白娶了人家的闺女。"大舅说。

教堂后面,有些人唱起一支动人的悲歌。歌词听不清,只能听清歌声:两个男高音和一个男低音。大家都在听歌,院子里就变得十分安静。……有两个歌声突然停住,哈哈大笑,第三个歌声,男高音,仍旧唱下去,而且调门那么高,大家不由自主地抬头往上看,好像那声音高得飞上了天空。瓦尔瓦拉从房里走出来,用手挡住眼睛,像遮住阳光似的,瞧了瞧教堂。

"那是教士的儿子跟教员在唱歌。"她说。

三个声音又一起唱起来。玛特威·萨维奇叹口气,接着说:

---

① 基督教节日,在大斋前的一个星期,这时候可以吃荤食肉。

巫 婆 集

"事情就是这样的,老大爷。过了两年光景,我们接到瓦夏从华沙寄来的信。信中说,长官打发他回家养病。他病了。这当儿我已经丢掉我脑子里的糊涂想法,有人给我说了个挺好的媳妇,只是我不知道怎样才能跟我的情妇一刀两断。我每天都打算跟玛宪卡说穿,可又不知道用什么法子谈才不至于惹起一场女人的哭号。这封信正好帮上我的忙。我跟玛宪卡一块儿看完这封信,她脸白得跟雪一样,我就说:'谢天谢地,现在你又要做一个有丈夫的妻子了。'然而她对我说:'我不要跟他过下去。''咦,他不是你的丈夫吗?'我说。'说得倒轻巧。……我从来也没有爱过他,我嫁给他并不是心甘情愿。是我母亲硬叫我嫁的。'我说:'你可别推得一干二净,傻娘们儿。你说说看:你是不是在教堂里跟他行过婚礼的?'她说:'是行过的,可是我爱你,我要跟你一块儿过,一直到死。随人家去笑吧。……我才不在乎。……'我说:'你是信教的人,念过《圣经》,那上面是怎么写的?'"

"既是嫁了丈夫,就得跟丈夫过下去。"大舅说。

"夫妻是血肉相连的。我说:'以前我跟你犯过罪,往后就别再犯了,人得有良心,敬畏上帝才行。我们给瓦夏赔个不是,他性格温和,老是怯生生的,他不会打死你的。再者,'我说,'宁可在这个世界上受你那合法的丈夫的折磨,也别到最后审判的日子把牙咬得咯咯响。'这个娘们儿不听我的话,打定主意,任你说破了嘴也没用!'我爱你。'她老是说这句话,别的话就没有了。瓦夏在圣三主日①前星期六那天一清早回来了。我隔着篱墙看得清清楚楚:他跑进房里,过一会儿抱着库兹卡走出来,又笑又哭,吻着库兹卡,观看干草棚,他既舍不得丢下库兹卡,又想去摆弄鸽子。他是个温柔多情的人。这一天过得顺顺当当,安静,没出什么事。教堂打钟做晚祷了,我心里想:明天是圣灵降临节,他们家大门和篱墙上怎么不装点些绿色的枝叶

---

① 亦称三一主日。东正教十二大节之一,在复活节后第五十天。

呢?我心想,事情不妙啊。我就到他们家里去了。我一看,他正坐在房间中央的地板上,眼珠乱转,像喝醉了酒一样,眼泪顺着脸颊往下流,两只手发抖。他从一个包裹里拿出小面包圈啦,项链啦,蜜糖饼干啦,另外还有种种礼物,随手扔在地板上。库兹卡那时候才三岁,在他身旁爬来爬去,嚼着蜜糖饼干。玛宪卡呢,站在炉子旁边,脸色苍白,浑身发抖,嘟哝说:'我不是你的妻子,我不想跟你一块儿过。'她说出各式各样的蠢话。我却对瓦夏跪下去,说:'我们对不起你,瓦西里①·玛克西梅奇,看在基督分上饶了我们!'然后我站起来,对玛宪卡说出这样一番话:'您,玛丽雅②·谢敏诺芙娜,现在应当给瓦西里·玛克西梅奇洗脚,把洗脚水喝掉才是。您该做他百依百顺的妻子,而且替我祷告上帝,'我说,'求上帝大慈大悲,饶恕我的罪过!'仿佛有个天使来指点我似的,我对她谆谆教诲一番,而且讲

---

① 上文瓦夏是瓦西里的爱称。
② 上文玛宪卡是玛丽雅的爱称。

得那么动感情,甚至连我自己也感动得流下了眼泪。这样,大约过了两天,瓦夏来找我。他说:'玛丘沙①,我原谅你,也原谅我妻子,求上帝保佑你们。她是个大兵的老婆,年纪轻,要守住贞节是很难的。干这种事,她不是头一个,也不是末一个。不过,我求你好好过下去,就像你们中间没有出过什么事似的,你要不露声色。我呢,'他说,'要极力在各方面讨她的欢心,好让她再喜欢我。'他跟我握了握手,喝了一阵茶,就欢欢喜喜地走了。我心想:好,谢天谢地。事情这么顺利,我也高兴起来。可是瓦夏刚刚走出院子,玛宪卡就来了。简直是造孽啊!她搂住我的脖子,哭着哀求我说:'看在上帝面上,不要丢开我,我缺了你就活不下去。'"

"真是下贱!"大舅叹口气,说。

"我对她嚷叫,顿脚,把她拉到穿堂,扣上我的房

---

① 玛特威的爱称。

门。我嚷着说:'到你丈夫那儿去!别叫我在大家面前丢脸,你得敬畏上帝才是!'天天都要闹这么一场。有一天早晨我站在院子里马棚旁边,修理马笼头。忽然,我一瞧,她穿过便门跑进我的院里来了,光着脚,只穿着裙子,照直跑到我跟前。她伸出两条胳膊抱住马笼头,弄得满身都是焦油。她身子发抖,哇哇地哭。……'我不能跟这个讨厌的家伙过下去,我受不了!要是你不爱我,你干脆把我杀了。'我生气了,拿起笼头打她两下,这当儿瓦夏也穿过便门跑来,拼命叫道:'别打她!别打她!'可是他自己却跑过来,像发了疯似的,抡起拳头,用尽力气打她,后来把她推倒在地,用脚踩她。我开始保护她,他却捞起缰绳来抽她。他一面抽,一面像马驹似的尖叫着:'嘶,嘶,嘶!'"

"应该拿起缰绳来,叫你尝尝这种滋味才对……"瓦尔瓦拉嘟哝着,走出去,"该死的东西,欺侮我们的姐妹。……"

"你闭嘴!"大舅对她吆喝道,"母马!"

"他不住地叫着:'嘶,嘶,嘶!'"玛特威·萨维奇接着说,"从他的院子里跑来一个赶车的,我叫来一个我的工人,我们三个人从他手里夺过玛宪卡来,把她搀回家去。丢脸啊! 当天傍晚我到他们家里去看一眼。她躺在床上,周身缠着绷带,只露出眼睛和鼻子,瞧着天花板。我说:'您好,玛丽雅·谢敏诺芙娜!'她闷声不响。瓦夏坐在另一个房间里,抱着头,哭道:'我真混! 我毁了我的生活! 主啊,叫我死吧!'我在玛宪卡身旁坐了半个钟头,对她开导一番。我略微吓唬她一下。我说:'遵守教规的人到另一个世界会进天堂,你呢,却要跟你们那伙淫妇一同到烧着大火的地狱里去。……不要反抗你的丈夫,到他那儿去,对他跪下。'她却一句话也不说,连眼睛也没眨一下,倒好像我在对一根柱子说话似的。第二天瓦夏生病了,像是霍乱,将近傍晚,听人说,他死了。他下了葬。玛宪卡没到墓园去,她不愿意让人家看见她那张无耻的脸和她的伤痕。不久,小市民中间议论纷纷,说瓦夏不是病死的,而是被玛宪卡害死的。这话传到官府去了。他们就检验瓦夏的尸体,开膛破肚,在他肚子里发现有砒霜。事情这才水落石出。警察来了,把玛宪卡抓走,连带把没罪的库兹卡也抓去了。他们都下了狱。这个娘们儿自讨苦吃,上帝来惩罚她了。……大约过了八个月,这个案子举行公审。我记得,当时她坐在一条长凳上,戴着白色头巾,穿着灰色囚衣。她瘦了,脸色苍白,眼睛尖利,看上去真可怜。她身后站着一个兵,拿着枪。她不认罪。有些人在法庭上说,她毒死了她的丈夫,有些人则证明,她丈夫是因为伤心才服毒自尽的。我也去做证人。堂上问到我,我就本着良心,什么都说了。我说:'她有罪,这用不着遮盖,她不爱她丈夫,性情又刚强。……'审问从早晨开始,将近夜晚才作出判决,把她流放到西伯利亚去做十三年苦工。这样判决以后玛宪卡在我们的监狱里又关了三个月。我去看她,而且出于善心,还给她带去茶叶和糖。可是她一见我就全身发抖,挥着手,嘟哝说:'走开!走开!'她还把库兹卡搂在怀里,仿佛怕我把他夺走似的。我说:'瞧你落到什么下场了!哎,玛霞①,玛霞,你这自寻死路的人啊!当初我开导你,你不听我的话,瞧,如今你只好叫苦了。你自己有罪,'我说,'这得怪你自己。'我不住地开导她,她却说:'走开!走开!'她拉着库兹卡缩到墙边,浑身发抖。等到人家把她从我们这儿押解到省城去,我就送她到火车站,而且为了拯救我的灵魂,还往她的行囊里塞进一个卢布。不过她没有走到西伯利亚。……她在省城得了热病,死在监狱里了。"

"狗只配狗的死法。"大舅说。

"他们把库兹卡送回家来了。……我左思右想,就把他收养下来。是啊,虽说他是囚犯的后代,到底也是个活人,基督徒。……我怜惜他。我会栽培他做一名伙计,要是日后我没有子女,那就提拔他做商人。现在,我不论到哪儿去,总是带着他,好让他学着点。"

---

① 玛丽雅的另一个爱称。

巫婆集

玛特威·萨维奇讲话的时候,库兹卡一直坐在大门旁边一块小石头上,两只手托着头,眺望天空。远远看去,他在黑暗中像是一个小树桩。

"库兹卡,去睡觉!"玛特威·萨维奇对他喝道。

"对了,也该睡了。"大舅说着,站起来。他大声打个哈欠,补了一句:"一个人由着自己的性子行事,不听别人家的话,到头来就会有这样的下场。"

月亮已经游到院子上面的天空中。它急匆匆地往一边奔跑,它下面的浮云却往另一边奔跑。浮云已经走得远了,月亮却仍然挂在院子的上空。玛特威·萨维奇对着教堂做了一阵祷告,道过晚安,就在大车旁边的地上躺下。库兹卡也祷告一阵,在大车上躺下,把自己的衣服盖在身上。为了睡得舒服点,他在干草上揉出一个小坑,蜷缩着身子,弄得胳膊肘碰到膝盖了。从院子里,可以看见大舅在楼下房间里点燃一支蜡烛,戴上眼镜,在墙角站住,手里捧着一本小书。他念了很久,不住地鞠躬。

旅客们睡着了。阿方纳西耶芙娜和索菲雅走到大车那儿,看着库兹卡。

"这个孤儿睡着了,"老太婆说,"他又细又瘦,只剩皮包骨了。亲娘不在,就再也没有人来照应他了。"

"我的格利舒特卡大概比他大两岁,"索菲雅说,"他待在工厂里像个奴隶,没有母亲在身旁。恐怕工头会打他吧。刚才我瞧着这个小家伙,就想起我的格利舒特卡,我心里的血都凝成块了。"

她们沉默了一会儿。

"也许他记不得他的母亲了。"老太婆说。

"他怎么会记得!"

索菲雅的眼睛里淌下大颗的泪珠。

"他缩成一团了……"她说,她满腔温情和怜悯,又是哭又是笑,"可怜的小孤儿啊。"

库兹卡打了个哆嗦,睁开眼睛。他看见面前有一张难看的、满是皱纹的、泪痕斑斑的脸,旁边有一张苍老的、脱了牙的、长着尖下巴和钩鼻子的脸,上面是无底的天空、奔驰的浮云和月亮,他就吓得大叫一声。索菲雅也尖叫一声。两个叫声引起了回声,闷热的空气里掠过一阵不安。守夜人在附近什么地方敲响梆子,一条狗吠起来。玛特威·萨维奇在睡乡中嘟哝一句什么话,翻了个身。

夜深了,等到大舅、老太婆、附近的守夜人都睡熟了,索菲雅就走到大门外面,在一条长凳上坐下。她觉得闷热,又因为哭过一场而头痛。这条街又宽又长,往右走有两俄里长,往左走也差不多,两边的尽头都看不见。月亮已经离开院子,游到教堂后面去了。街道有半边浸在月光里,半边罩在黑影里。杨树和椋鸟巢的细长的影子伸展到街对面,教堂的影子又黑又可怕,宽阔地铺在街上,罩住大舅的大门和半所房子。街上没有人,静悄悄的。偶尔从街道的尽头传来隐约的音乐声,大概是阿辽希卡在拉他的手风琴吧。

教堂围墙旁边的阴影里,有个活的东西在走动,没法辨别这究竟是个人还是头奶牛,或者也许什么也没有，只是一只大鸟在树木当中沙沙作响。可是后来，从阴影里走出一个人影，站住，说了一句什么话，是男人的声音，然后，这人走进教堂附近的巷子里去了。过了一会儿，离大门大约两俄丈远，又出现一个人影。他从教堂那边照直往大门走来，看见坐在长凳上的索菲雅，就站住了。

"瓦尔瓦拉，莫非是你吗？"索菲雅问。

"是我又怎么样？"

果然是瓦尔瓦拉。她呆站了一分钟，然后走到长凳这边，坐下来。

"你到哪儿去了？"索菲雅问。

瓦尔瓦拉一句话也没回答。

"你可别玩得昏了头，闹出乱子来，你这小媳妇，"索菲雅说，"你刚才听见玛宪卡又挨脚踩，又挨缰绳抽吗？小心，你可别落到这个下场。"

"管他呢。"

瓦尔瓦拉嘴巴隐在头巾里笑起来，小声说：

"刚才我跟教士的儿子一块儿玩来着。"

"胡说!"

"真的!"

"罪过啊!"索菲雅小声说。

"管他呢。……有什么可懊悔的?造孽就造孽,像这样过日子,还不如索性让雷劈死的好。我年轻,健康,我那丈夫呢,却驼背,讨厌,粗鲁,比该死的大舅还不如。当初我做姑娘的年月,吃不饱肚子,光着脚没有鞋穿,一心想逃出这种穷困,贪图阿辽希卡有钱,这才落进陷阱,好比一条鱼钻进捕鱼的篓子了。依我看来,哪怕跟毒蛇一块儿睡觉也比跟讨厌的阿辽希卡同床轻松得多。再说,你的生活又怎样呢?我都不忍心看哟。你的费多尔把你从工厂里赶出来,送到他父亲家里来住,他自己却勾搭上另外一个女人。你的孩子给人夺走,当人家的奴仆。你像牛马那样干活,可是好话却一句也听不到。要是这样,还不如孤孤单单,一辈子做老姑娘,还不如找教士的儿子要半个卢布,还不如去讨饭,还不如跳井自尽。……"

"罪过啊!"索菲雅又小声说。

"管他呢。"

教堂后面刚才传来的那三个人的声音——两个男高音和一个男低音,现在又唱起一支悲歌。歌词也还是听不清。

"这些夜游神啊……"瓦尔瓦拉说着,笑起来。

她小声讲起她晚上怎样跟教士的儿子一块儿玩乐,他对她讲些什么话他有些什么样的朋友,她怎样跟过路的官吏和商人调笑。听着那支悲歌,人就不由得向往自由的生活,索菲雅笑起来。她听着那些话,觉得又是罪过,又是可怕,又是悦耳。她羡慕瓦尔瓦拉,暗暗懊悔自己年轻漂亮的时候没有造过这种孽。……

乡村墓地上那个老教堂里打起钟来,报了午夜的时辰。

"现在该睡了,"索菲雅站起身来说,"要不然就要挨大舅的骂了。"

巫 婆 集

两个人悄悄走进院子里。

"刚才我走了,没听见他后来还讲了玛宪卡一些什么话。"瓦尔瓦拉说着,在靠窗的地方铺好被褥。

"他说她死在监狱里了。她把丈夫毒死了。"

瓦尔瓦拉在索菲雅身边躺下,沉吟一下,小声说:

"我真想干掉我的阿辽希卡。我干了不会后悔的。"

"你胡说,愿上帝饶恕你。"

索菲雅正要昏昏睡去,瓦尔瓦拉却依偎到她身边来,凑近她耳朵说:

"我们来干掉大舅和阿辽希卡!"

索菲雅惊醒过来,什么话也没说,然后睁开眼睛,久久地瞧着天空,连眼皮也没眨一下。

"人家会查出来的。"她说。

"不会。大舅老了,也该死了,至于阿辽希卡,人家会说是醉死的。"

"我怕。……上帝会处死我们的。"

"管他呢。……"

两个人都睡不着,默默地思索。

"我冷,"索菲雅说,开始周身发抖,"大概快要天亮了。……你睡着了?"

"没有。……你别听信我的话,我的亲人,"瓦尔瓦拉小声说,"我恨透了他们,这些该死的东西,我都不知道我在说些什么了。……睡吧,要不然天就亮了。……睡吧。……"

两个人停住嘴,定下心,不久就睡着了。

醒得最早的是老太婆。她叫醒索菲雅,两个人到棚子里去挤牛奶。驼背的阿辽希卡回来了,喝得酩酊大醉,没有把手风琴带回来。他胸前和膝盖上满是尘土和干草,多半在路上跌过跤。他摇摇晃晃,走进棚子,没脱衣服就往干草上一躺,立刻打起鼾来。太阳东升,明亮的光芒照耀着教堂上的十字架,后来又照耀着窗子。树木和井上吊杆的阴影就伸过院子,铺在沾着露水的青草上。这时候玛特威·萨维奇一跃而起,开始忙碌起来。

"库兹卡,起来!"他叫道,"该套车了!快!"

早晨的忙乱开始了。有一个年轻的犹太女人穿一条带绉边的深棕色连衣裙,牵着一匹马走进院里来饮马。井上的吊杆悲凉地吱吱叫,水桶发出碰撞的声响。……库兹卡带着睡意,浑身无力,衣服上沾满露水,坐在大车上,懒洋洋地穿好衣服,冷得缩起身体,听木桶在井里溅出水的声音。

"大娘,"玛特威·萨维奇对索菲雅叫道,"你去催一下我那小伙子,叫他来套车!"

这当儿大舅在一个小窗子里叫道:

"索菲雅,跟犹太女人要一个戈比的饮马钱!她们老是来,这些讨厌的家伙。"

街上有些羊群来来往往,咩咩地叫。村妇们对牧人叫骂,牧人管自吹着芦笛,抽着鞭子,或者用低沉、嘶哑的男低音还骂。有三只羊跑进院里来了,它们找不到大门口,就挺着犄角撞围墙。在这片闹声中,瓦尔瓦拉醒过来,抱起被褥,往正房走去。

"你至少该把羊赶出去啊!"老太婆对她叫道,"太太!"

"想得倒好!我才不高兴给你们这些魔王干活呢。"瓦尔瓦拉嘟嘟哝哝,走进正房去了。

旅客们在大车的车轴上涂了点儿油,套好了马。大舅从正房里走出来,手里拿着账单,在门廊上坐下,开始计算应该向旅客要多少钱的宿费、燕麦费、饮马费。

"老大爷,你要的燕麦钱太贵了。"玛特威·萨维奇说。

"嫌贵就别要嘛。商人,我们可没硬逼你要。"

旅客们往那辆大车走去,想坐上车赶路,却有一件事害得他们耽搁了一阵。库兹卡的帽子丢了。

"你把它放在哪儿了,小猪猡?"玛特威·萨维奇对他生气地叫道,"它在哪儿?"

库兹卡的脸吓得变了样。他绕着大车走来走去,没有找到,就跑到大门口,后来又跑进棚子里。老太婆和索菲雅都帮着他找。

"我要拧掉你的耳朵!"玛特威·萨维奇叫道,"真是下流胚!"

帽子总算在车的底部找到了。库兹卡用衣袖拂掉帽子上的干草,把它戴在头上,胆怯地爬上大车,脸上仍旧带着恐惧的神情,仿佛生怕有人在身后打他似的。玛特威·萨维奇在胸前画个十字,小伙子拉一下缰绳,于是大车出发,驶出了院子。

邮　　件

那是夜里三点钟。邮差已经完全做好上路的准备,戴好帽子,穿上大衣,手里拿着一把生锈的马刀,站在房门附近,等着车夫在一辆刚刚赶过来的三套马车上装完邮件。有一个带着睡意的收发员坐在他那张类似柜台的桌子旁边,正在填写一张表,嘴里说着:

"我有个外甥,是个大学生。他要求马上到火车站去。那么你,伊格纳捷耶夫,就让他坐在你这辆三套马车上,把他带去吧。虽然运邮件是不准带客的,哎,可是又有什么办法!与其为他花钱另雇马车,还不如让他不花钱搭这班车去的好。"

"妥了!"外面传来喊叫声。

"好,求上帝保佑你一路顺风。"收发员说,"哪一个车夫赶车呀?"

"谢敏·格拉左夫。"

"你来签个字。"

邮差签了个字,出去了。在邮局门外,可以看到一辆三套马车的黑轮廓。那几匹马站在那儿不动,只有一匹拉边套的马不安地活动四条腿,摇着头,因此偶尔响起小铃铛的声音。这辆装着邮袋的敞篷马车像是一团黑东西,马车旁边有两个黑人影在懒洋洋地走动,一个是大学生,手里提着箱子,一个是车夫。车夫吸着小烟袋,烟袋锅里的小火光在黑暗里不住地移动,时而暗下去,时而亮起来。这个小火光一会儿照亮一小块衣袖,一会儿照亮毛茸茸的唇髭和红铜色的大鼻子,一会儿照亮两道严峻而突出的浓眉。

邮差伸手按一按邮袋,把长刀放在上面,跳上马车。大学生游移不定地跟着他爬上去,胳膊肘无意中碰到邮差,就胆怯而客气地说:"对不起!"小烟袋灭了。收发员从邮局里走出来,没有加衣服,只穿着原来的坎肩和便鞋。他受不住夜间的寒气而缩起脖子,咯咯地清着嗓子,在马车旁边走动,说:

"好,一路顺风!米海洛,问你母亲好!替我问大家好。你呢,伊格纳捷耶夫,别忘了把那包东西交给贝斯特列佐夫。……赶着车子走吧!"

车夫一只手提起缰绳,擤了擤鼻子,整理一下身子底下的座位,吧嗒一下嘴唇。

"替我问好!"收发员又说一遍。

大铃铛丁零当啷地招呼小铃铛,小铃铛亲热地呼应着。马车吱吱嘎嘎响,走动了,大铃铛哭起来,小铃铛却笑了。马车夫略微欠起身子,对那匹不安稳的拉边套的马抽了两鞭子,那辆三套马车就发出闷声闷气的辘辘声,顺着尘土飞扬的道路驶去。小城睡熟了。宽阔的街道两旁,净是黑魆魆的房屋和树木,一点灯火也看不见。布满繁星的天空中,这儿那儿伸展着一条条狭长的云,在不久就要露出曙光的地方,挂着一个窄窄的弯月。然而,为数众多的星星也好,显得很白的一弯新月也好,都照不亮夜晚的空间。这儿寒冷而潮湿,已经有秋意了。

大学生暗想,这个人没有拒绝带他上路,那他就要顾全礼貌,有必要跟这个人亲切地攀谈几句。他便开口说:

"在夏天,这个时候天已经亮了,眼下却连曙光也看不到。夏天算是过去了!"

大学生瞧一阵天空,接着说:

"甚至凭天空就可以看出现在已经是秋天了。您瞧右边。您见到三颗星排成一条直线吗?那是猎户星座,只有九月间才会在我们这个半球的上空出现。"

邮差两只手揣在袖子里,脖子缩进大衣的衣领,衣领一直齐到耳边,这时候他一动也不动,也不看天空。显然他对猎户星座不感兴趣。他看惯了星星,大概早

已看厌了。大学生沉默一阵,说:

"天冷了!这时候本来该天亮了。您知道太阳几点钟升上来吗?"

"什么?"

"现在太阳几点钟升上来?"

"五点多!"车夫回答说。

三套马车驶出城了。这时候道路两旁只能看见菜园的篱墙和孤零零的白柳,至于前面,样样东西都给昏暗遮蔽了。这儿,在旷野上,一弯新月显得大些,星星也照得亮些。可是这时候潮气飘来了。邮差的脖子越发缩进衣领里,大学生感到一股不舒服的凉气先是扑到脚边,然后爬上邮袋,爬上胳膊,爬上脸来。马车跑得慢些了。大铃铛不作声,仿佛冻坏了似的。这时候可以听见马蹄溅水的声音,倒映在水里的星星在马蹄底下和轮子旁边跳动不停。

可是过了十分钟光景,四下里变得一片漆黑,再也看不见星星,看不见新月了。马车走进一片树林去了。

云杉的带刺的枝子不时抽打大学生的帽子,蜘蛛网粘到他脸上来。车轮和马蹄撞在露出地面的树根上,马车就像喝醉酒似的摇摇晃晃。

"顺着路当中走!"邮差生气地说,"干吗沿着路边走?我整个脸都给树枝刮伤了!靠右一点!"

可是这当儿差点出了祸事。马车突然往上一跳,仿佛抽筋似的,摇摇晃晃,紧跟着嘎吱一响,猛地往右边一歪,再往左边一倾,飞快地顺着林中小路飞驰。那几匹马不知害怕什么东西,狂奔起来了。

"哟!哟!"马车夫吓得叫起来,"哟……这些恶鬼!"

大学生受着颠簸,为了稳住身子,免得摔到车外,就向前弯下身子,动手寻找可以抓住的东西,然而皮袋子是滑的。大学生本想抓住车夫的腰带,可是车夫自己就在颠上颠下,随时都会掉下车去。在车轮的辘辘声和马车的尖叫声中,可以听见长刀滑下车去,碰着土地,当啷一响,后来,过了一会儿,马车后面不知有个什

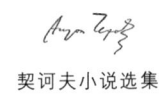

么东西发出两次闷闷的碰撞声。

"哟!"车夫发出撕裂人心的喊叫声,身子往后仰,"站住!"

大学生脸朝下,撞在车夫的座位上,碰破了额头的皮,然而立刻又被颠得往后弯,整个身子给往上一抛,背脊猛然撞在马车的后部。"我摔下去了!"他脑子里掠过这个想法,可是这当儿马车飞出树林,来到旷野上,往右急转弯,带着一片响声跑过木桥,突然停住,像生了根似的。马车意外地停住,大学生又身不由己地往前一扑。

马车夫和大学生两人不住地喘气。邮差已经不在马车上了。他跟那把长刀、大学生的皮箱、一个邮袋,一块儿掉下车去了。

"站住,混蛋! 站住!"他的喊叫声从树林里传来,"该死的坏蛋!"他喊着,往马车这边跑来,他那含泪的声音流露出痛苦和愤恨,"天杀的,巴不得叫你咽了气才好!"他喊着,跑到马车夫跟前,对他抡拳头。

巫　婆　集

"真是麻烦事,求上帝发发慈悲吧!"马车夫用负疚的声音嘟哝说,一面整理着马脸旁边的马具,"全怪这匹拉边套的马!该死的,这匹小马刚拉了一个星期的车。它跑得不坏,不过一下坡就要出事!先得在它脸上摸这么两三下,它才不会胡闹。……站住!啊,鬼东西!"

马车夫收拾着那几匹马,然后到路上去找皮箱、邮袋、长刀,邮差却气得逼尖喉咙,不停地用含泪的声音对他破口大骂。马车夫收拾好行李,毫无必要地牵着马走了百来步,把那匹不安稳的拉边套的马埋怨一阵,才跳上赶车座位。

等到这场惊吓过去,大学生觉得很好笑,兴致又来了。这还是他生平头一次在夜间搭邮车赶路。刚才经历到的颠簸、邮差的跌落、背上的疼痛,依他看来像是一场有趣的奇遇。他点上烟,笑着说:

"要知道,这样会把脑袋也摔掉的!我也差点摔下去,我甚至没有看见您是怎样掉下车的。我想得出,到了深秋天气,坐车赶路会是什么样子!"

邮差没有说话。

"您带着邮件坐车赶路很久了吗?"大学生问。

"十一年。"

"哎哟! 每天都这样赶路吗?"

"每天。我送邮件去,马上又坐车回来。怎么?"

十一年来每天这样坐车赶路,一定经历过不少有趣的奇遇吧。在晴朗的夏夜和阴暗的秋夜,或者在冬天大风雪呼啸着,把马车刮得团团转的时候,那是免不了要发生惊心动魄的可怕事情的。恐怕那些马不止一次地狂奔过,马车不止一次地陷进雨后的泥沟里,坏人不止一次地打劫过,大风雪不止一次弄得他们迷路吧。……

"我想得出这十一年当中您经历过多少奇遇! 是啊,这样赶路一定很可怕吧?"

他说完,等着邮差讲给他听,可是那一位却阴沉地不肯开口,把脖子缩进衣领去了。这当儿天慢慢亮起来。谁也看不出天空是怎样变换颜色的。天色仍旧显得幽暗,不过那些马、车夫、道路,却可以看清楚了。弯月越来越白,下面横着一片云,像是一尊炮安在炮架上,云的底边微微发黄。不久,邮差的脸也可以看清了。那张脸上沾着露水而湿润,脸色灰白,神情呆板,跟死人一样。他脸上凝聚着一种沉闷而阴森的愤恨神情,仿佛他仍旧觉得身上疼痛,仍旧生马车夫的气似的。

"谢天谢地,总算天亮了!"大学生瞧着他那气愤的、冻坏的脸,说,"我浑身都冻僵了。九月的夜晚冷得很,不过太阳一出来,天就不冷了。我们不久就要到车站了吧?"

邮差皱起眉头,现出要哭的脸相。

"说真的,您太喜欢讲话了!"他说,"难道您就不能闭着嘴赶路?"

大学生窘了,从此一路上再没跟他搭腔。早晨很快来了。月亮渐渐暗淡,跟混浊灰白的天空融成一体了。那块云完全变黄,繁星熄灭,然而东方仍旧冷冰冰,颜色跟整个天空一样,因此谁也不能相信太阳藏在它后面。……

早晨的寒冷和邮差的阴郁渐渐传染给冻僵的大学生了。他冷漠地瞧着大自然,等候太阳的温暖,心里只想着这些可怜的树木和青草经历这种寒冷的夜晚,一定会觉得多么可怕和厌恶。太阳升上来了,昏昏沉沉,带着睡意,冷冰冰的。树梢并没有像通常所描写的那样给升上来的太阳染成金黄,阳光也没有铺满地面,睡意蒙眬的鸟雀飞来飞去,也显不出什么快乐。夜间本来很冷,如今有了太阳也仍旧那么冷。……

这辆三套马车路过一个庄园,大学生带着睡意阴郁地瞧着那些挂着窗帘的窗子。他心想,窗子里一定有人在享受清晨最酣畅的睡眠,没听见邮车的铃声,没感到寒冷,也没看见邮差的气愤的脸色。不过,即使有位小姐让铃声惊醒,她也会翻个身,觉得十分暖和安乐而微笑,缩起腿来,把一只手垫在脸颊底下,睡得越发香甜。

大学生瞧着庄园附近一个发亮的池塘,想到那些鲫鱼和狗鱼居然能够在冷水里生活。……

"外人不准搭邮车……"邮差出人意外地发话了,"这是禁止的!既是禁止的,就不该坐上车来。……确实如此。固然,这跟我不相干,可是我不喜欢,也不希望有这种事。"

"既然您不喜欢这种事,何不早说呢?"

邮差什么话也没回答,仍旧露出他那种不依不饶的愤恨神情。过了一会儿,这辆三套马车在火车站的出口处停下,大学生就道一声谢,下了马车。邮政列车还没开到。一长列货车停在一条备用的铁路线上,在煤水车上,脸被露水沾湿的火车司机和他的助手正凑着一把肮脏的白铁壶在喝茶。火车、月台、长凳,都潮湿而冰凉。大学生一直站在小吃部里喝茶,直到那趟列车开来为止。邮差却把两只手揣在袖管里,脸上仍旧带着愤恨的神情,孤零零地在月台上走来走去,眼睛一直瞧着脚底下。

他在跟谁生气呢?跟人吗?跟贫穷吗?跟秋夜吗?

新 别 墅

一

离奥勃鲁恰诺沃村三俄里的地方正在造一座大桥。这个村子高高地建在陡峭的河岸上,从这儿望出去可以看见桥的栅栏状的骨架。不论是下雾的天气还是在宁静的冬日,桥的细铁梁和四周的脚手架总是披着重霜,构成一幅美妙以至神奇的画面。大桥的建造者库切罗夫工程师,偶尔乘一辆轻便马车或者四轮马车穿过村子。这是个体态丰满、肩膀很宽、蓄着胡子的男子，头上戴一顶揉皱的软制帽。有的时候，遇到假日，在桥上工作的流浪汉就到村子里来。他们乞讨施舍，调笑村妇，偶尔还偷走一点东西。不过这种情形是少有的。通常，日子总是过得安静而平稳，仿佛根本没有那个建筑工程似的，只有到傍晚桥旁边燃起一堆堆篝火，风才隐隐约约传来流浪汉的歌声。白天有的时候也传来金属的悲凉的响声：咚……咚……咚……

有一天工程师库切罗夫的妻子到他这儿来。她喜欢这个河岸，喜欢有村庄、有教堂、有畜群的绿色盆地的美景，就开口要求她的丈夫买上一小块土地，在这儿修建一座别墅。她的丈夫依了她。他们就买下二十俄亩的土地，在陡岸上原先奥勃鲁恰诺沃村民放牛的林边空地上盖起一座漂亮的两层楼房，有凉台，有阳台，有塔楼，房顶上竖着旗杆，每到星期日，旗杆上就飘扬着一面旗子。这座房子用三个月左右的时间盖成，后来他们整个冬天栽种大树，等到春天来临，四下里一片苍翠，新庄园上已经有了林荫道，花匠和两个系着白色

巫婆集

围裙的工人在正房附近挖掘土地,一个小喷水池在喷水,一个镜面的圆球光芒四射,望过去刺得眼睛痛。这个庄园已经起了名字,叫作"新别墅"。

五月末,一个晴朗温暖的早晨,有两匹马被人牵进奥勃鲁恰诺沃村里来,到当地的铁匠罗季昂·彼得罗夫家里换马掌。它们是从新别墅来的。那两匹马毛色雪白,身材匀称,膘头很足,而且长得非常相像。

"简直是一对天鹅呀!"罗季昂带着敬慕的神情瞧着那两匹马,说。

他的妻子斯捷潘尼达、他的儿女、他的孙辈都到街上来看马。渐渐地围上来一群人。雷奇科夫父子走过来了,他们天生不长胡子,面孔浮肿,没戴帽子。柯左夫也走过来了,这是一个又高又瘦的老人,留着一把狭长的胡子,手里拿着一根弯柄拐杖;他老是眯着他那对狡猾的眼睛,露出讥讽的笑容,好像他知道什么机密似的。

"它们也不过是毛色白罢了,有什么了不起的?"

他说,"给我的马喂上点燕麦,它们的皮毛也会这么光溜。这两匹马应该套上犁,拿鞭子抽才对。……"

车夫光是轻蔑地看他一眼,一句话也没有说。后来铁匠铺里生火,车夫就一面吸烟一面讲起来。农民们从他嘴里知道了许多详情:他的东家很有钱,太太叶连娜·伊凡诺芙娜出嫁以前原本住在莫斯科,很穷,当家庭教师;她善良,心慈,喜欢周济穷人。他说,他们不会在这个新庄园上耕地,播种,他们住到这儿来只是为了散散心,呼吸新鲜空气罢了。他办完事,牵着马走回去,身后跟着一群小孩子,狗汪汪地叫。柯左夫瞧着他的背影,讥诮地眨巴眼睛。

"什么地主哟!"他说,"盖房子啦,养马啦,可是连吃的东西都未必有。什么地主哟!"

不知怎么,柯左夫从此恨那个新庄园,而且又恨那些白马,又恨那个漂亮而丰满的车夫。他是单身一人,老婆早已死了。他生活得乏味(有一种病妨碍他干活,他时而说这是疝气,时而又说是闹蛔虫),他的生活费是由在哈尔科夫一家糖果点心店里工作的儿子寄来的。他一天到晚总是在河岸上或者村子里闲散地溜达,如果,比方说,看见农民运木头或者钓鱼,他就说:"这是枯树上的木头,朽了",或者说:"在这种天气,鱼是不会上钩的"。遇上天旱,他就说,不到严寒,不会下雨,等到天下雨了,他又说,现在庄稼都要在地里烂掉,全完了。他一边说,一边老是眨眼,仿佛知道什么天机似的。

庄园里每到傍晚就放焰火,放爆竹,一条挂着小红灯和张着布帆的小船驶过奥勃鲁恰诺沃村。有一天早晨,工程师的妻子叶连娜·伊凡诺芙娜带着小女儿坐一辆黄色车轮的马车,由一对深栗色的矮马拉着,到村子里来,母女俩都戴着宽边草帽,帽边压到耳朵上。

这当儿正好是送粪肥的时令。铁匠罗季昂,这个又高又瘦的老人,没戴帽子,光着脚,肩膀上扛着大叉子,站在他那辆肮脏而难看的板车旁边,心慌意乱,瞧着那些矮马,从他的脸色看得出来,他以前从来也没有瞧见过这样小的马。

"库切里哈①来了!"四下里响起低语声,"瞧,库切里哈来了!"

叶连娜·伊凡诺芙娜打量那些小木房子,仿佛想选择一所似的,然后让马车在一所顶简陋的小木房门前停下,这所房子的窗子里伸出好几个孩子的头,他们的头发有的淡黄色,有的黑色,有的火红色。罗季昂的妻子斯捷潘尼达是个胖老太婆,她从小木房里跑出来,头巾从花白的头发上滑下来,她迎着阳光瞧那辆马车,脸上现出笑容和皱纹,好像她是个瞎子似的。

"这是给你孩子的。"叶连娜·伊凡诺芙娜说,送给她三个卢布。

斯捷潘尼达忽然哭起来,跪在地下叩头;罗季昂也扑在地下,露出他那块很大的褐色秃顶,同时他那把叉子差点戳在他妻子的肋部。叶连娜·伊凡诺芙娜感到

---

① 即库切罗夫的妻子,带有戏谑的意味,下同。

尴尬,就坐车回去了。

二

雷奇科夫父子在自家的草地上逮住两匹供使役的马,一匹矮马、一头肥头大脸的阿尔加乌兹种牛犊,他们就跟铁匠罗季昂的儿子,头发火红色的沃洛德卡一块儿把这些牲口赶进村子。他们叫来村长,邀集证人,去查看踏坏的草地。

"好哇,行啊!"柯左夫眨巴着眼睛说,"行啊!看他们现在怎么办,这些工程师。你当是没有王法了?好哇!去叫巡官来,告他一状!……"

"告他一状!"沃洛德卡附和道。

"这事就这么算了,那我可不干!"小雷奇科夫嚷道,嗓门越来越高,这样一来他那张没有胡子的脸似乎越发肥了,"他们这是什么派头啊!要是由着他们的性儿干,那他们就把草地都糟踏了!你们可没有权利欺压老百姓！现在没有农奴了！"

"现在没有农奴了！"沃洛德卡附和道。

"咱们当初没有这座桥也活下来了,"老雷奇科夫阴沉地说,"咱们又没有要他造桥,咱们要桥干什么用！咱们用不着！"

"弟兄们,正教徒们！这事可不能就这么算了！"

"好哇,行啊！"柯左夫眨巴着眼睛说,"瞧他们现在怎么办！什么地主哟！"

他们走回村里,小雷奇科夫一面走,一面不住地用拳头捶胸膛,一路叫喊着,沃洛德卡也跟着喊叫,附和他的话。这当儿,在村子里,在那头良种的牛犊和马匹四周,围上了一大群人。那头牛犊很窘,从眉毛底下往上看,可是忽然低下嘴去凑近地面,扬起后腿,跑了起来。柯左夫吓了一跳,朝它挥动手杖,大家哈哈大笑。后来他们把牲口关起来,等待着。

傍晚工程师打发人送来五个卢布,赔偿踏坏的草地。那两匹供使役的马,那匹矮马和那头牛犊,又饿又渴,回家去了,它们耷拉着脑袋,像是自觉有罪,仿佛是被人拉去执行死刑似的。

雷奇科夫父子、村长和沃洛德卡拿到五个卢布以后,就坐船过河,到对岸的克里亚科沃村去了。村里有一家酒店,他们在那儿开怀畅饮了好半天。可以听见他们唱歌和小雷奇科夫喊叫的声音。本村的妇女通宵没有睡觉,放心不下。罗季昂也没有睡。

"这事可不妙,"他说,翻来覆去,不住地叹气,"老爷一发脾气,往后可就要吃官司了。……他们得罪了老爷。……唉,他们得罪了老爷,这可不好啊。……"

有一回,一些农民,包括罗季昂在内,到本村的树林里去划分草场。他们在回家的路上遇见工程师。他上身穿一件红布衬衫,下面穿一双长筒皮靴,身后跟着一条猎狗,吐出很长的舌头。

"你们好,弟兄们!"他说。

农民们站住,脱掉帽子。

"我早就想跟你们谈一谈了,弟兄们,"他接着说,

"事情是这样的。从今年一开春,你们的牲口就天天到我的花园和树林里来。什么都踩坏了,猪把草地拱得坑坑洼洼的,菜园全给糟蹋了,树林里的小树都毁了。你们的那些牧人简直叫人没办法,你好好要求他们,他们却出口伤人。我的草地天天给踩坏,我都没有怎么样,我没有罚过你们钱,也没有告过你们状,可是你们却把我的马和牛扣住不放,硬拿去我五个卢布。这样对吗?难道这像做邻居的样子吗?"他接着说,他的声调那么柔和、婉转,目光也不严厉,"难道正派人该这样办事吗?一个星期以前你们有人砍掉我树林里的两棵小橡树。你们把通到叶烈斯涅沃村去的道路掘坏了,现在我只好绕三俄里的弯路。你们为什么处处跟我作对呢?看在上帝面上,你们说说看,我做了什么对不起你们的事呢?我和我的妻子极力要跟你们和和睦睦地相处,我们尽心竭力帮助农民。我的妻子是个善良的、热心肠的女人,她没少帮助过人,她的心愿就是做一些对你们和你们的孩子有益的事。你们呢,却对我们以怨报德。你们不公平,弟兄们。你们好好想一想吧。我恳切地请求你们好好想一想。我们像对待自己人那样对待你们,你们也该照这样还报我们才是。"

他说完,便转身走了。农民们又站了一会儿,戴上帽子,也走了。别人对罗季昂说话,他素来不是按照对方的意思去理解,而总是按他自己的方式去理解,这一次他叹口气,说:

"你们得还钱了。他说,弟兄们,你们该还钱了。……"

他们默默地走回村子。罗季昂回到家里,祷告一下,脱掉靴子,跟他的妻子并排在一条长凳上坐下。他和斯捷潘尼达在家里总是并排坐着,到了街上总是并排走路,他们吃喝睡觉总是在一块儿,他们越老,相爱得越深。他们的小木房里又挤又热,到处都是小孩子,有的在地下,有的在窗台上,有的在炉台上。……斯捷潘尼达尽管上了年纪,却还在生孩子。现在,看着这一群孩子,很难分清哪个是罗季昂的孩子,哪个是沃洛德卡的孩子。沃洛德卡的妻子卢凯丽雅是个年轻而难看的女人,生着暴眼和鸟喙样的鼻子,正在揉木桶里的面团。沃洛德卡本人坐在炉台上,耷拉着两条腿。

"在大路上,靠近尼基达的荞麦地……工程师带着一条小狗。……"罗季昂歇了会儿,开口了,搔着两肋和胳膊肘,"他说,得还钱。……还钱,他说。……有钱没钱,每家都得出十个戈比。他们把老爷得罪苦了。我替他难过。……"

"我们当初没有桥也活下来了,"沃洛德卡说,眼睛没有看着任何人,"又不是我们要造桥。"

"瞧你说的!桥是公家造的。"

"我们不要。"

"人家又没有问你要不要。你多什么嘴!"

"'人家又没有问你'……"沃洛德卡讥诮地重复他的话说,"我们又不坐车到什么地方去,要桥干什么?要过河,坐小船也能过去嘛。"

巫 婆 集

有人在外面敲窗子,敲得那么用劲,似乎整个小木房都颤动起来了。

"沃洛德卡在家吗?"小雷奇科夫的说话声响起来,"沃洛德卡,出来,走!"

沃洛德卡从炉台上跳下地,开始找他的帽子。

"别去了,沃洛德卡,"罗季昂胆怯地说,"别跟他们一块儿去,儿子。你傻,跟小孩子一样,他们不会教你干出什么好事来的。别去了!"

"别去了,儿子!"斯捷潘尼达央告说,眯着眼睛,要哭出来了,"他们大概是叫你上酒馆去。"

"'上酒馆'……"沃洛德卡学着她的话说。

"又要喝醉酒回来了,狗东西!"卢凯丽雅说,恶狠狠地瞧着他,"去,去,巴不得让酒把你活活烧死才好,没尾巴的魔鬼!"

"喂,你闭嘴!"沃洛德卡叫道。

"他们把我嫁给这么一个蠢货,断送了我这苦命的孤儿,这个红头发的酒鬼……"卢凯丽雅哭起来,伸出一只沾满了面的手擦着脸,"叫我的眼睛别再瞧见你才好!"

沃洛德卡打她一个耳光,走了。

三

叶连娜·伊凡诺芙娜和她的小女儿步行到村子里来。她们在散步。正巧那天是星期日,妇女和姑娘们穿着花花绿绿的连衣裙到街上来了。罗季昂和斯捷潘尼达并排坐在台阶上,对叶连娜·伊凡诺芙娜和她的女孩点头,微笑,仿佛见了熟人一样。十几个孩子从窗口瞧着她们。他们脸上现出困惑和好奇的神情,唧唧喳喳地低声说:

"库切里哈来了!库切里哈!"

"你们好,"叶连娜·伊凡诺芙娜说,站定下来;她沉吟一下,问道,"哦,你们过得怎么样?"

"谢天谢地,我们过得还好,"罗季昂回答道,说得很快,"自然,我们将就着过罢了。"

"我们这是什么样的生活呀!"斯捷潘尼达说,笑一笑,"您看得明白,太太,好人,真是穷啊!一家十四口,挣钱的只有两个人。说起来是铁匠,可是只有个空名,人家牵马来钉马掌,这儿却没有煤。没钱买啊。我们愁死了,太太,"她接着说,笑起来,"嘿,真愁死了!"

叶连娜·伊凡诺芙娜在台阶上坐下,搂住她的小女孩,呆呆地想心思;从那小女孩的脸色看来,她的头脑里也有些不愉快的思想在活动。她在沉思中玩弄着从她母亲手里接过来的一把漂亮的镶花边的阳伞。

"穷啊!"罗季昂说,"操心的事很多,我们不住地干活,没完没了。瞧,上帝又不给雨水。……不用说,我们的日子过得不顺心哟。"

"你们在这个世界里生活得苦,"叶连娜·伊凡诺芙娜说,"不过到另一个世界里,你们就会幸福了。"

罗季昂没有听懂她的话,光是对着空拳头咳嗽一声作为回答。可是斯捷潘尼达说:

"好太太,阔人就是到另一个世界也会过得挺顺心。阔人在神像前面点蜡烛,出钱做礼拜,阔人周济叫花子,可是庄稼人能干什么呢?就连在脑门上画个十字的工夫也没有,自己又穷得连叫花子都不如,哪儿说得上拯救自己的灵魂。再说,人一穷,罪过就多了,心里有了苦恼就会不住地骂街,像狗一样,说不出一句好话,什么事都干得出来,我的好太太,求上帝保佑,别弄到这个地步才好!大概,在这个世界上也好,在另一个世界上也好,幸福我们总归是得不到的。所有的幸福都让阔人得去了。"

她讲得挺高兴。显然,她早已讲惯了她的苦生活。罗季昂也微微地笑;他看到他的老伴这样聪明,能说会道,心里很快活。

"阔人舒心,那不过是从表面上来看罢了,"叶连娜·伊凡诺芙娜说,"其实,各人有各人的苦恼。就拿我们来说,我和我丈夫过得不算穷,我们有产业,可是难道我们幸福吗?我还年轻,可已经有四个孩子;孩子们老是生病,我也有病,经常去找大夫。"

"你有什么病?"罗季昂问。

"妇女病。我睡不好,头痛使我不得安宁。比方说,现在我坐在这儿谈天,可是我的脑袋不舒服,周身发软,老实说,与其这个样子,还不如让我干最重的活儿好。我的心也不踏实。我经常为我的孩子,为我的丈夫担心。每家都有每家的苦恼,我们家里也有。我不是贵族。我的祖父是普通的庄稼人,我父亲在莫斯科做买卖,也是个普通人。我丈夫的父母却有财有势。他们不愿意让他跟我结婚,可是他不听,跟他们吵架,他们直到现在也没有原谅我们。这就弄得我的丈夫心神不安,常常激动,老是发愁,他爱他的母亲,爱得很深。这样,我心里也就不踏实了。我心里难过。"

在罗季昂的小木房旁边已经有许多农民和村妇站着,听他们讲话。柯左夫也走过来,站住,不时抖动一下他那把狭长的胡子。雷奇科夫父子也走过来。

"事情很清楚,一个人要是觉得自己不是处于合适的地位,那就不可能幸福而满意,"叶连娜·伊凡诺芙娜接着说,"你们各人都有各人的一块田地,你们人人劳动,也知道为什么劳动;我的丈夫造桥,一句话,各人有各人的位置。可是我呢?我光是走来走去。我没有一块地,我不劳动,我觉得自己像是一个局外人。我说这些话是要你们别从外表下断语。要是一个人穿得阔气,有家产,那还不能说,他满意他自己的生活。"

她站起来要走,拉住她女儿的手。

"我很喜欢你们这个地方。"她说,微微一笑,从她那淡淡的、羞怯的笑容可以看出她确实身体不好,她还那么年轻,那么漂亮;她有着一张苍白消瘦的脸、两道黑眉毛、一头淡黄色的头发。那女孩长得跟她母亲一样,头发淡黄,脸庞消瘦,模样秀气。她们身上发出香水的气味。

"这条河,这个树林,这个村子我都喜欢……"叶连娜·伊凡诺芙娜接着说,"我可能要在这儿住一辈子,我觉得在这儿我的身体会好起来,我会找到我的位置。我想,我一心想,帮助你们,对你们有益,跟你们接近。我知道你们穷苦,至于我不知道的情况,我也能用我的心感觉出来,揣摩出来。我有病,身子弱,我也许已经不可能按我的心意改变我的生活了。不过我有儿女,我要尽我的力量教育他们,要他们跟你们处熟,喜爱你们。我要经常开导他们,要他们知道他们的生命不是属于他们自己,而是属于你们的。只是我恳切地请求你们,央告你们,要信任我们,跟我们和好地生活下去。我的丈夫是个心地善良的好人。不要惹他激动,不要招他生气。他对一丁点小事都敏感,比如昨天,你们的牲口闯到我们的菜园里来,你们有人拆毁我们养蜂场的篱笆,这样对待我们,惹得我的丈夫又急又气。我请求你们,"她用央告的声调接着说,把两只手按在胸口上,"我请求你们,对待我们要像对待好邻居一样,让我们和睦相处!俗语说得好:勉强维持的和睦总比真正争吵强,不要买田产,而要买邻居。我再说一遍,我丈夫是个心地善良的好人;如果一切都顺利,那我就应许你们,凡是我们的能力办得到的事情,我们都会去做。我们会修路,我们会给你们的孩子造学校。我应许你们。"

"那我们当然太谢谢了,太太,"老雷奇科夫眼睛瞧着地下,说,"您是受过教育的,您懂得多。不过呢,比方说,在叶烈斯涅沃村有个沃罗诺夫,是个富足的农民,也答应造一所学校,嘴上也说,'我给你们办这个,办那个',可是只搭了个房架子就不管了,后来硬逼着乡里人盖房顶,造完,花了上千的卢布。沃罗诺夫倒不在乎,他光是摩挲一下胡子就算了,可是乡里人就不好受了。"

"那是一只乌鸦①,现在呢,又有一只白嘴鸦飞过来了。"柯左夫说,眨巴一下眼睛。

响起了笑声。

"我们用不着办学校,"沃洛德卡阴沉地说,"我们

---

① 在俄语中,"воронов"(音译沃罗诺夫,可用作人的姓,亦可作"乌鸦的"解)一词源出"ворон"(意为"乌鸦")一词。

的孩子到彼得罗夫斯科耶村去上学,那就让他们还是到那儿去好了。我们不要办什么学校。"

不知怎的,叶连娜·伊凡诺芙娜忽然有点胆怯了。她脸色发白,一下子显得瘦了,缩起身子,仿佛给什么粗硬的东西碰了一下似的,她再也没说一句话就走了。她越走越快,头也不回。

"太太!"罗季昂叫道,跟着她走过去,"太太,等一等,我有话要跟您说。"

他跟在她后面,没有戴帽子,轻声说着,仿佛要饭似的:

"太太!等一等,我有话要跟您说。"

他们走出村子,叶连娜·伊凡诺芙娜走到一棵老花楸树的树荫底下,在不知什么人的板车旁边站住。

"你别生气,太太,"罗季昂说,"这没什么!你忍一忍吧。忍上两年就好了。你自管在这儿住下去,忍一忍,往后就没事了。我们这儿的老百姓都好,都安分……老百姓挺不错,我对您说的全是真话。你别理

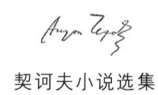

睬柯左夫和雷奇科夫父子,至于沃洛德卡,你也别理他,他是我的傻小子:人家说什么,他就信什么。另外那些人都本分,一声不响。……有的人,你知道,很想凭良心说句话,给你打抱不平,可是说不出来。这种人有灵魂,有良心,可就是缺舌头。你别生气……忍一忍吧。……这没什么!"

叶连娜·伊凡诺芙娜瞧着那条宽阔、平静的河,呆呆地想心思,眼泪淌下她的脸颊。这眼泪使得罗季昂心慌意乱,他自己也差点哭了。

"你不要放在心上……"他嘟哝说,"忍他两年吧。造学校也可以,修路也可以,只是不要一下子都做。……你,比方说,打算在这个高坡上种粮食,那就先得拔掉野草,搬开所有的石头,然后耕地,折腾来,折腾去。……对老百姓呢,你明白,也得这样……折腾来,折腾去,直到叫他们心服了为止。"

那一群人离开罗季昂的小木房,在街上走着,往花楸树这边移动。他们唱起歌来,拉响手风琴。他们越走越近,越来越近。……

"妈妈,我们离开这儿吧!"小女孩说,脸色苍白,依偎着母亲,浑身发抖,"走吧,妈妈!"

"到哪儿去?"

"到莫斯科去。……我们走吧,妈妈!"

小女孩哭起来。罗季昂急坏了,满脸大汗。他从口袋里拿出一根又小又弯,像月牙似的、沾满黑麦面包渣的黄瓜,塞到小女孩手里。

"得了,得了……"他嘟哝说,严厉地皱起眉头,"把这小黄瓜拿去,吃吧。……哭可是不行啊,你妈要揍你一顿的……回到家里要把你告到爸爸那儿去。……得了,得了。……"

她们往前走去,他仍旧跟在她们后面,想对她们说点亲热动听的话。后来,他看见她们只顾想自己的心思,浸沉在她们自己的忧愁里,没有注意到他,他就站定下来,手搭凉棚,遮住阳光,久久地瞧着她们的后影,直到她们消失在她们的树林里为止。

四

工程师显然变得爱生气,小题大做,把每一件微不足道的事都看成盗窃或者侵占行为。他的大门甚至白天也上锁,夜里有两个看守在花园里巡行,敲着铁板,他再也不雇用奥勃鲁恰诺沃村的人做短工了。好像故意捣乱似的,有人(也不知是农民还是流浪汉)从一辆大车上卸下新的车轮,换上旧的,后来,过了不久,有两个笼头和一把钳子给人拿走了,连村子里的人也开始有怨言了。大家纷纷说,雷奇科夫家里和沃洛德卡那里应该搜查一下,正在这个时候,钳子和笼头却在工程师的花园的篱笆下找到了,不知是什么人偷偷丢在那儿的。

有一次农民们成群地从树林里走出来,又在大道上碰见工程师。他站住,没有向大家打招呼,只是气冲冲地瞧瞧这个人,又瞧瞧那个人,开口说:

巫 婆 集

"我请求过你们不要在我的花园里和院子附近采菌菇,留给我的妻子和孩子们去采,可是你们的女孩子天一亮就来了,后来连一个菌菇也没有剩下。请求你们也好,不请求你们也好,反正都是一样。请求也罢,亲热也罢,劝告也罢,我看都没什么用处。"

他把愤怒的目光停在罗季昂身上,接着说:

"我和我的妻子把你们当人看待,看成跟我们一样的人,可是你们呢?哎,说这些有什么用!大概到头来总要弄到我们看不起你们了事。也只能这样了!"

他极力控制自己,压住心头的怒火,免得说出什么不得当的话来,就转身走了。

罗季昂回到家里,祷告一下,就脱了靴子,在一条长凳上挨着他的妻子坐下来。

"是啊……"他叹口气,开口了,"刚才我们走啊走的,迎面遇见库切罗夫老爷。……是啊。……他在天亮的时候看见一些女孩子。……他说:'为什么不送菌子来?'……他说:'为什么不送给我的妻子和孩

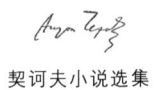

子?'后来他瞧着我,又说:'我跟我妻子要周济①你们。'我想对他跪下,可是又胆怯。……求上帝赐给他健康。……求主给他赐福。……"

斯捷潘尼达在胸前画个十字,叹一口气。

"这是位好心的、厚道的老爷……"罗季昂接着说,"'我们要周济你们',这话他是当大家的面应许的。……我们到了老年……真要这样倒不错。……我要永生永世替他祷告上帝。……求圣母给他赐福。……"

九月十四日举荣圣架节是本地教堂的节日。雷奇科夫父子一清早就到对岸去了,回来吃午饭的时候已经喝得大醉。他们在村子里游荡了很久,时而唱歌,时而用难听的话相骂,后来打起架来,他们就到庄园里去告状。先是老雷奇科夫走进院子,手里拿着一根山杨木的长棍子。他犹豫不决地站住,脱掉帽子。这当儿

---

① 在俄语中,"瞧不起"(презирать)和"周济"(призирать)两词词形相似,只有一个字母不同。

工程师和他家里的人正坐在凉台上喝茶。

"你有什么事?"工程师叫道。

"老爷,大人……"雷奇科夫开口说,哭起来,"求您发发慈悲,给我做主。……我儿子弄得我没法活下去了。…… 我儿子花光我的钱,打我…… 大人。……"

小雷奇科夫也走进来。他没戴帽子,手里也拿着木棒。他站住,抬起醉眼呆呆地瞧着凉台。

"我不管你们争吵的事,"工程师说,"去找地方自治局或者警察局。"

"我到处都去过……状子也递过……"老雷奇科夫说,放声大哭,"现在我能到哪儿去呢?莫非他现在能把我打死吗?莫非他什么事都能干吗?能这样对待自己的父亲吗?自己的父亲?"

他举起木棒,打他儿子的脑袋,那一个也举起木棒,照准老人的秃顶使劲打下去,弄得那根木棒甚至倒蹦起来了。老雷奇科夫连身子也没有摇晃一下,又打他儿子,打他的头。他们就这么站在那儿,打彼此的脑袋,这不像是打架,倒像是玩一种游戏。大门外围着些农民和村妇,默默地瞧着院子里,大家的脸色都挺严肃。这些农民是来拜节的,可是看见雷奇科夫父子都觉得难为情,就没有走进院子里来。

第二天早晨叶连娜·伊凡诺芙娜就带着孩子们到莫斯科去了。传说工程师正在卖他的庄园。……

五

大家早已看惯那座桥,很难设想那个地方的河没有桥了。造桥工程留下来的碎石堆上早就长满青草,至于那些流浪汉,人们倒把他们忘掉了。现在大家不再听到《杜比努希卡》的歌声,却几乎每个钟头都能听到过路火车的隆隆声了。

新别墅早已卖掉。现在它归一个文官所有,这个人每到假日就带着全家从城里来到这儿,在凉台上喝茶,然后又回到城里去。他的帽子上有一个帽徽,他讲起话来,嗽起喉咙来,好像一个大官,其实论官位他只不过是个十等文官罢了。每逢农民们对他鞠躬,他一概不理。

奥勃鲁恰诺沃村里的人都老了;柯左夫已经死了,罗季昂的小木房里的孩子越发多了,沃洛德卡的脸上生了一把火红色的长胡子。他们依旧像先前那么穷。

这年早春季节,奥勃鲁恰诺沃村的人在火车站附近锯木柴。这时候他们做完工,正在走回家去,一个跟着一个,不慌不忙;宽锯子呈弓形横在他们的肩膀上,在阳光底下闪光。沿岸的矮树丛里夜莺在歌唱,天空中的云雀发出一连串清脆的叫声。新别墅里安安静静,一个人也没有,只有些金黄色的鸽子在房子上空飞翔,说它们呈金黄色,是因为被阳光照耀的缘故。所有的人,包括罗季昂,雷奇科夫父子,沃洛德卡,都想起那些白马,矮马,焰火,那条有灯的小船,想起工程师的妻

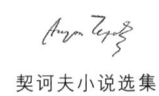

子,那个相貌漂亮、装束考究的女人,怎样来到村子里,对他们十分亲切地说话。这一切仿佛根本没有发生过似的。这一切像是一场梦或者一个童话。

他们身体疲乏,一步一步地走着,暗自寻思。……

他们想:他们村子里的人都善良,安分,通情达理,敬畏上帝,叶连娜·伊凡诺芙娜也安分,心好,温和,谁看见她那模样都会觉得可怜,然而为什么他们处不来,分手的时候像仇人似的?到底是一种什么样的雾遮住了他们的眼睛,使他们看不见最重要的事情,而只看见踏坏的草地、笼头、钳子以及现在回想起来显得那么微不足道的种种小事呢?为什么他们跟新的房主人倒能相处得和睦,跟工程师却合不来呢?

大家不知道该怎样回答这些问题才好,都沉默着,唯独沃洛德卡喃喃自语。

"你说什么?"罗季昂问。

"我们当初没有桥也过下来了……"沃洛德卡阴沉地说,"我们当初没有桥也活下来了,我们又没有要求造桥……我们用不着它。"

谁也没有答理他,大家耷拉着脑袋,沉默地往前走去。

芦　笛

杰敏契耶夫的农庄总管美里统·希希金经不起云杉林里的闷热,疲惫无力,周身粘满蜘蛛网和针叶,背着枪往树林边上走去。他的达木卡是一条介乎家犬和猎犬之间的杂种狗,异常消瘦,怀着身孕,把湿尾巴夹在两条腿中间,缓缓地跟随主人走着,竭力避免碰伤自己的鼻子。这是个令人不快的、阴霾的早晨。从薄雾笼罩着的树木上,蕨草上,滴下大颗的水珠。树林的潮气发散出一股刺鼻的霉烂气味。

前面,在云杉林的尽头,立着一些桦树,从那些树干和树枝之间望出去,可以看见雾蒙蒙的远方。桦树外面,有个人在吹一支自己做的牧笛。吹笛的人只吹出五六个音,懒洋洋地拖着长声,并不打算吹出一个旋律,但是这尖厉的笛声还是带着一种凄厉的、十分愁闷的意味。

当他走到树木渐渐变得稀疏,云杉跟小桦树混在一起的地方,美里统就瞧见一群牲口。腿上拴着绊绳的马和牛羊在灌木丛中闲步,不时碰得枝丫发出噼啪的响声,伸出鼻子去闻树林里的杂草。树林边上有个老牧人,倚着一棵湿漉漉的小桦树站着,身子精瘦,穿一件破烂的原色粗呢外衣,没戴帽子。他眼望着地下,正在想心事,显然是不在意地吹着芦笛。

"你好,老大爷!求上帝保佑你!"美里统打招呼说,声音又尖细又沙哑,跟他的魁伟身材和又大又胖的脸相全不相称,"你的笛子吹得真好!你在放谁家的牲口?"

"阿尔达莫诺夫家的。"牧人不起劲地回答说,把芦笛塞到怀里去了。

"这么说,这个树林也是阿尔达莫诺夫家的?"美里统往四下里看一眼,问道,"可不是,真是阿尔达莫诺夫家的。……原来我完全迷路了。我的脸全给树枝划破了。"

他在湿地上坐下,动手用报纸卷纸烟。

这个人在各方面,不管是笑容也好,眼睛也好,纽扣也好,盖不严剪短头发的脑袋的帽子也好,都跟他那细声细气的说话声一样显得微弱细小,跟他的高身量、宽体格、胖脸不相称。每逢他说话和微笑,他那张刮光胡子的胖脸和他的全身就流露出一种女人气的、胆怯而温顺的意味。

"哎,这种天气啊,求上帝发发慈悲吧!"他说,摇晃着脑袋,"燕麦还没收割呢,可是小雨却好像下个没完,上帝保佑吧。"

牧人瞧一眼下着毛毛细雨的天空,瞧一眼树林,瞧一眼总管的湿衣服,想一想,却什么话也没说。

巫婆集

"整个夏天都是这样……"美里统叹口气说,"这对农民们不好,对老爷们也不是什么快活事。"

牧人又看一下天空,想一想,开口了,声调抑扬顿挫,仿佛在细嚼每一个字似的:

"样样事都走上了一条路。……好事总归等不到了。"

"你们这儿怎么样?"美里统点上烟,问道,"你在阿尔达莫诺夫的林间空地上见过成群的乌鸡吗?"

牧人没有马上答话。他又瞧一下天空,瞧一下两旁,沉吟不语,眨巴眼睛。……看来,他把自己说出的话看得非同小可,为了增加他的话的价值,总是极力慢条斯理地讲出来,多少带点庄重的腔调。他脸上的神情现出老年人的锐敏和稳重,由于他鼻梁中间凹陷,鼻孔向上翻,他的面容就显得狡猾和讥诮了。

"不,我好像没看见过。"他回答说,"我们的猎人叶烈木卡说过,他在伊里亚节来到普斯托谢附近,惊起过一群乌鸡,不过他大概是胡说。这儿的飞鸟很少。"

"对了,朋友,很少。……到处都很少!在这儿打猎,平心而论,简直是白费劲,不值得一干。野鸟根本没有,就是有一点,也犯不上弄脏你的手,它们还没长大呢!它们小得一丁点儿,连瞧一眼都觉得难为情。"

美里统笑一笑,摆摆手。

"在这个世界上,样样事情都叫人好笑,没有别的!如今那些鸟儿也变得不近情理,连孵卵都比先前迟了,有些鸟儿直到彼得节①还没孵完卵。这话千真万确!"

"样样事情都走上了一条路。"牧人说,扬起脸来,"去年野鸟本来就少,今年更少,再过五年大概就一只也没有了。依我看,过不了多久,漫说是野鸟,别的鸟也一只都剩不下。"

"不错,"美里统沉思一下,同意说,"这话是实在的。"

---

① 东正教节日,在 7 月 21 日。在俄国,打猎的季节通常从这天开始。

牧人苦笑一下,摇摇头。

"奇怪!"他说,"它们都到哪儿去了?大约二十年前,我记得,这儿又有鹅,又有仙鹤,又有鸭子,又有琴鸟,铺天盖地,多极了!那年月,老爷们合伙到这儿来打猎,你就光是听见:砰砰砰!砰砰砰!大鹬啦、田鹬啦、麻鹬啦,要多少有多少,小水鸭子和鹬简直跟椋鸟一般多,或者不妨说跟麻雀一般多,数都数不清!可是现在它们都上哪儿去了?就连猛禽也看不见了。鹰也好,隼也好,雕鸮也好,都无影无踪了。……各种野兽也越来越稀少。如今,老弟,狼和狐狸都成了稀罕物,更不用说熊和水貂了。可是从前,连驼鹿都有!四十年来,我年年看着上帝的作为,认定样样事情都走上了一条路。"

"走上了哪条路呢?"

"走上了下坡路,年轻人。……大概是毁灭的路。……上帝创造的这个世界已经到完蛋的时候了。"

老人戴上帽子,开始眺望天空。

"可惜啊!"他沉默一会儿,叹口气说,"上帝啊,多么可惜!当然,这是上帝的旨意,这个世界又不是我们创造的,不过话说回来,老弟,这总叫人觉得可惜。就是一棵树枯死,或者比方说,一头奶牛断了气,人都会舍不得,要是整个世界都完蛋,我的好人,你会怎么想呢?好东西这么多,上帝啊,耶稣!又有太阳,又有天空,又有树林,又有河流,又有野兽,这些东西都是创造出来,彼此顺应,搭配起来的。各有各的用处,各守各的本分。可是这些东西都要完蛋了!"

牧人脸色发红,现出忧郁的笑容,他的眼皮颤动起来。

"你说这个世界要完蛋了……"美里统思索着,说道,"也许,世界的末日很快就要来到,不过单凭鸟儿是没法下断语的。鸟儿不一定能说明问题。"

"不光是鸟儿嘛,"牧人说,"野兽也是这样,牲口也是这样,蜜蜂也是这样,鱼也是这样。……你不信我的话,就去问别的老人好了。人人都会对你说,如今的鱼跟从前大不相同了。海里也罢,湖里也罢,河里也罢,鱼一年年少下去。在我们这条佩先卡河里,我记得,从前捕得到一俄尺长的梭鱼,而且江鳕也多,另外还有圆腹鲦,还有鳊鱼,每种鱼都长得像模像样,如今呢,要能钓着一条小梭鱼或者四分之一俄尺长的鲈鱼,就得谢天谢地了。连地道的梅花鲈也没有了。一年比一年差,过不了多久就会一条鱼也没有了。现在再拿河来说吧。……河恐怕也要干!"

"这是实话,河要干了。"

"说的就是嘛。河一年年浅下去,老弟,再也不像先前那么深了。还有那边,你看见那些灌木了吧?"老人往一边指着,问道,"灌木后面原有一道旧河床,名叫大河湾。我父亲生前,佩先卡河就流过那儿。现在你瞧,恶魔把它搬到哪儿去了?河床改道了。你记着就是,改来改去,总有一天河全干了完事。库尔加索沃村的后边,本来有沼泽和池塘,现在都到哪儿去了?还有那些小溪,都上哪儿去了?当初我们这个树林里,就有一条小溪流过,那条溪可不算小,庄稼汉常在那里放下鱼篓子捉梭鱼,野鸭子就在河边过冬,现在呢,就是到了春汛,小溪里也没有多少水。是啊,老弟,不论往哪边看,到处都很糟。到处一样!"

紧跟着是沉默。美里统深思不语,呆望着一个地方出神。他希望能想起自然界中哪怕有一处还没给这种普遍的毁灭碰到的地方。有些光点滑过薄雾和斜飘的雨丝,犹如掠过毛玻璃一样,立刻又消灭了。这是升上来的太阳,极力要穿透云层,照到地面上来。

"再者树林也……"美里统嘟哝说。

"树林也是一样……"牧人附和道,"有的树砍掉了,有的起了火,有的枯死了,可是新的却没有长出来。只要有新长出来的,马上就给人砍掉。今天刚长出来,明天一看,已经给人砍掉了。照这样没完没了地干,早晚有一天什么也剩不下。我的好人,我从农奴解放那年①起给村社放牲口,那以前是给老爷们放牲口,总到

---

① 指1861年。

这个地方来。我活了一辈子,记不得有哪年夏天我没到这儿来过。我一直注意上帝的作为。我啊,老弟,足足看了一辈子,现在我认定,凡是地里长出来的东西都在走下坡路。黑麦也罢,蔬菜也罢,花儿也罢,都走上了一条路。"

"不过人倒变好了。"总管说。

"哪点儿好呢?"

"聪明多了。"

"聪明倒是聪明多了,这话不错,年轻人,可是那又有什么用?临到灭亡的当口,人聪明了又有什么意思?聪明也不顶用,反正要完蛋。要是野鸟没有了,猎人再怎么聪明,又有什么好处呢?我是这么想:上帝一手把聪明赐给人,一手却把力量收回去了。人变得弱了,弱极了。比方拿我来说。……我一个钱也不值,全村子里就数我差,可是,年轻人,我毕竟有力量。你看,我六十多岁了,可是我天天放牲口,晚上为挣二十戈比还给人看牲口,不睡觉,也不怕冷。我儿子倒比我聪明,可是叫他来干我这个活儿,他明天就会要求加工钱,要不然就去看病了。就是这么的。我除了面包什么也不吃,因为'我们日用的饮食,天天赐给我们'①,我父亲也是除了面包什么都不吃,我爷爷也一样,如今的庄稼汉呢,又要喝茶,又要喝白酒,又要吃白面包,睡觉一定要从傍晚一直睡到天明,还要看病,说不尽的娇气。这都是什么缘故?就因为人弱了,没有力量支撑他。他倒愿意不睡,可是眼皮偏偏合上,没有办法哟。"

"这话是实在的,"美里统同意说,"如今没有真正的庄稼汉了。"

"坏事也不必瞒着,我们正一年年糟下去。要是论一论现在的老爷,比庄稼汉还要不济。如今的老爷们样样精通,连不该知道的也知道了,可是这有什么用?瞧着他们,简直觉得可怜。……又瘦又弱,就跟什

---

① 基督教祷告辞中的一句。见《新约·路加福音》,第11章,第3节。

么匈牙利人或者法国人一样,一点也没有威风,一点也没有气派,只不过名义上是老爷罢了。他们,可怜虫,既没有本事,也不干什么事,谁也不知道他们需要什么。他们要么拿着钓竿坐在河边钓鱼,要么躺在那儿,肚皮朝上,一个劲儿看书,要么混到庄稼汉当中去说这说那,老爷挨饿了,就去做文书。他们糊里糊涂混下去,想都没有想过干点正经事。从前老爷们有一半当将军,可现在的老爷们全是废物!"

"他们穷下来了。"美里统说。

"他们穷是因为上帝夺去了他们的力量。人总拗不过上帝啊。"

美里统又呆望着一个地方出神。他想了一会儿,照稳重谨慎的人那样叹口气,摇着头说:

"这都是因为什么呢?我们造的孽太大,我们忘掉上帝了……所以如今样样东西都到了末日。话说回来,这个世界反正不能万古长存,人该明白才是。"

牧人叹口气,仿佛想打断这种不愉快的谈话似的,从桦树那儿走开,用眼睛数那些奶牛。

"嗨嗨嗨!"他吆喝道,"嗨嗨嗨!你们这些该死的,叫你们遭了瘟才好!魔鬼把你们赶进林子里去了!来啊,来啊,来啊!"

他现出气愤的脸色,到灌木丛中去找回牲口。美里统站起来,在树林边上慢腾腾地走动。他瞧着脚下,暗自思索。他仍旧希望想起还有什么东西没给灭亡碰到。又有些光点滑过斜飘的雨丝,在树梢上跳动,然后在湿树叶中间熄灭了。达木卡在一丛灌木底下发现一只刺猬,希望引起主人对这个东西的注意,就汪汪地叫起来。

"你们那儿有过天狗吞日的事吗?"牧人在灌木丛后面叫道。

"有过!"美里统回答说。

"是啊。老百姓到处都在抱怨这种事。……老弟,可见天上也乱七八糟!这不会没来由。……回来,回来!喂!"

巫　婆　集

牧人把牲口赶到树林边上,自己靠在一棵桦树上,看一阵天空,不慌不忙地从怀里拿出芦笛,吹起来。他跟先前那样心不在焉地吹着,只吹出五六个音。仿佛芦笛是头一次落到他的手里似的,发出来的声音迟疑不定,没有章法,合不成一个旋律,然而正在思考世界末日的美里统,却在笛声里听出一种极其悲凉和惹人厌恶的调子,情愿不听才好。那些顶高顶尖的音摇摇曳曳,断断续续,似乎在伤心地哭泣,仿佛芦笛觉得疼痛,受了惊吓似的。那些最低的音,不知什么缘故,使人联想到迷雾、垂头丧气的树木、灰白的天空。这样的音乐倒似乎跟天气、老人、他那些话相称。

美里统想要抱怨一番。他走到老人跟前,瞧着他那忧郁而讥诮的脸色,瞧着他的芦笛,嘟哝道:

"日子也不及从前了,老大爷。简直叫人活不下去。歉收啦,穷困啦……牲口不时得瘟病,人也生病。……穷困压得人透不过气来。"

总管的胖脸变得发紫,现出女人气的愁闷神情。

他动着手指头,好像要找出话来表达他那难以形容的心情。他接着说:

"我家里有八个孩子,一个老婆……母亲还活着,可是我每月的薪水一共只有十卢布,而且我们得吃自己的伙食。我老婆穷得脾气凶恶……我自己也喝开了酒。我是个谨慎而稳重的人,受过教育。我本来该太太平平坐在家里,可是我成天价带着枪乱跑,像一条狗似的,因为我没有办法:家里待不下去啊!"

总管觉得他的舌头完全没有说出他所想说的话,就摆一摆手,沉痛地说:

"要是世界一定要灭亡,那就索性快一点吧!不必再拖延下去,害得人白白受苦。……"

老人取下嘴上的芦笛,眯细一只眼睛看芦笛上的小孔。他神情忧郁,脸上布满大雨珠,像眼泪一样。他微微一笑,说:

"可惜呀,老弟!上帝啊,多么可惜!土地啦,树林啦,天空啦……各种动物啦,这些东西原是创造出来,互相配搭,各有各的智慧的。现在呢,样样东西却都要完蛋了。其中顶可惜的就是人。"

树林里响起大雨的哗哗声,离这一带林边很近。美里统朝传来雨声的那边望了望,系上所有的纽扣,说:

"我要到村子里去了。再见,老大爷。你叫什么名字?"

"穷路加。"

"好,再见,路加!谢谢你那些有益的话。达木卡,走!"

美里统跟牧人告别后,沿着林边缓缓走去,然后下了坡,来到正在渐渐变成沼泽的草场上。他脚下的水咕唧咕唧地响。莎草虽然害着锈病,却仍然发绿、丰盛,对土地弯下腰去,仿佛生怕让脚踩着似的。过了沼泽,在老大爷提到过的佩先卡河的岸上,立着一些柳树,柳树后面有一个老爷家堆禾捆用的木棚,在薄雾里颜色发青。谁都可以感到那个不幸的季节怎么也阻挡不住,快要来临了,到那时候,田野就会变得乌黑,土地泥泞而阴冷,流泪的柳树就会显得越发凄凉,顺着树干淌下泪珠,只有仙鹤才会离开这普遍的灾难,远走高飞,然而就连它们也仿佛生怕用幸福的神态伤害垂头丧气的大自然似的,在天空中发出一片忧伤愁闷的歌声。

美里统往河边慢慢走去,听见芦笛的声音在他身后渐渐远去。他仍旧想抱怨一番。他悲哀地瞧着两旁,不由得为天空,为土地,为太阳,为树林,为他的达木卡难过得要命,这当儿芦笛的最高音缭绕不断,在空中摇颤着,像人的哭泣声,他想到大自然这样杂乱无章,不由得格外沉痛而伤心。

高音颤抖着,断了,于是芦笛不再响了。

阿加菲娅

我住在某县的时候,常有机会到杜博沃村的菜园,在守园人那儿做客,他名叫萨瓦·斯图卡奇,或者简单点,叫萨夫卡。那些菜园是我在所谓"专诚"钓鱼的时候最喜欢去的地方,每逢那种时候,我一走出家门就不知道何日何时才会回来,总是把各种钓鱼工具统统带在身边,一样也不少,还随身准备下干粮。认真说来,使我发生兴趣的与其说是钓鱼,还不如说是那种逍遥自在的游逛、不定时的进餐、同萨夫卡的闲谈、在宁静的夏夜里的久坐。萨夫卡是个小伙子,年纪二十五岁上下，身材魁梧，相貌漂亮，结实得像是打火石。大家都称道他是个通情达理、头脑清醒的人，他能读会写，很少喝酒，然而讲到做一个工人，这个年轻强壮的人却连一个铜钱也不值。在他那粗绳般结实的筋肉里，有一种沉重而无法克制的怠惰跟他强大的体力同时并存。他在村子里住着，像大家一样有自己的小木房，分到一块份地，可是他不耕田，不播种，任什么手艺也不学。他的老母亲沿街乞讨，他自己却像天上的鸟那样生活：早晨还不知道中午吃什么。这倒不是说他缺乏意志、精力或者对他母亲的怜悯，而不过是他没有劳动的兴致，也感觉不到劳动的益处罢了……他周身散发出逍遥自在的气息，从来不卷起袖子干活，对闲散的生活抱着一种先天的、几乎是艺术家的爱好。每逢萨夫卡年轻健康的身体在生理上渴望活动一下筋肉，这个小伙子就暂时专心干一件随意做做而又毫无意义的事情，例如把一根没有丝毫用处的木橛子削一削尖，或者同村妇们互相追逐。他最喜爱的姿态就是呆然不动。

巫 婆 集

他能够一连几个小时站在一个地方纹丝不动,眼睛看着一个东西出神。他一时心血来潮,也会活动一下,然而那也只是在需要他做出急骤而突兀的动作的时候,例如揪住一只正在奔跑的狗的尾巴,扯下一个村妇的头巾,跳过一个宽阔的深坑。不消说,由于这样不爱活动,萨夫卡就一贫如洗,生活比任何一个孤苦赤贫的农民都不如。随着时光的流逝,他欠交的税款势必愈积愈多,于是他,这个年轻力壮的人,就由村社派去干老年人的活儿,做村社菜园的看守人和茅草人了①。尽管别人嘲笑他过早地成了老年人,他却毫不在乎。这个差使清静,适合于沉思默想,倒恰好投合他的脾胃。

有一次,那是五月间一个天气晴和的傍晚,我正巧在萨夫卡的菜园里做客。我记得,我在破旧的车毯上躺着,那是在一个窝棚旁边,窝棚里冒出浓重的干草气味,使得人透不出气来。我把两只手垫在脑袋底下,眼

---

① 指放在菜园中用以惊吓鸟雀的草人。

睛望着前方。我的脚旁放着一把木制的干草叉。干草叉的那一边站着萨夫卡的小狗库特卡,像一块黑斑似的映入我的眼帘。离库特卡不远,大约两俄丈开外,平地急转直下,成为一条小河的陡岸。我躺在那儿,看不见那条河。我只能看见岸边丛生的柳林的树梢,以及对岸那仿佛经谁啃过而弯弯曲曲的边沿。对岸的远处,在乌黑的山丘上,就是我的萨夫卡居住的村子,村子里那许多小木房像受惊的小山鹑似的彼此挤紧。山丘后边是满天的晚霞,正在渐渐暗下去。目前只剩下一条暗红色的长带了,就连它也开始蒙上薄薄的一层碎云,犹如快要烧完的煤块蒙上一层灰烬似的。

菜园右边是一片小小的赤杨林,颜色发黑,正在低声细语,偶尔刮过去一阵风,它就战栗一阵。左边伸展着一片广漠无垠的田野。那边,在目力不能从黑暗中分清哪是田野和哪是天空的地方,有个灯火在明亮地闪烁。萨夫卡在离我不远的地方坐着。他像土耳其人似的盘腿坐定,低下头,呆呆地瞧着库特卡。我们的钓钩挂着活饵,早已放进河水,我们没有别的事可做,只能静静地养神,从没劳累过、一直在休息的萨夫卡极其喜爱这种养神。晚霞还没完全消退,夏夜却已经带着温存而催人入睡的抚爱拥抱大自然了。

一切东西都静止不动,沉进第一阵酣睡,只有一只我不熟悉的夜鸟在赤杨林里懒洋洋地拖着长音发出抑扬顿挫的长声,像是在问一句话:"你见到尼基达了?"然后又立刻回答自己说:"见到了!见到了!见到了!"

"为什么今天晚上夜莺不歌唱呢?"我问萨夫卡说。

那个人慢腾腾地转过脸来对着我。他脸庞很大,然而脸容开朗,富于表情,神色柔和,就跟女人一样。随后他抬起温和而沉思的眼睛看一下赤杨林,看一下柳丛,慢腾腾地从口袋里取出小笛子,放在嘴上,悠扬地吹出雌夜莺的叫声。立刻,仿佛回答他的悠扬的笛声似的,一只秧鸡在对岸嗞啦嗞啦地叫起来了。

"这也叫夜莺啊……"萨夫卡笑着说,"嗞啦!嗞啦!倒好像它在拉钓钩似的。不过话说回来,它大概也认为它是在唱歌呢。"

"我倒喜欢这种鸟……"我说,"你知道吗?候鸟南飞的时候,秧鸡不是飞,而是在陆地上跑。只有遇到河和海,它才飞过去,否则就一直在陆地上走。"

"好家伙,跟狗一样……"萨夫卡咕哝了一句,带着敬意向正在叫唤的秧鸡那边望去。

我知道萨夫卡非常喜欢听人讲话,就把我从狩猎书上看到的有关秧鸡的事一五一十讲给他听。我不知不觉从秧鸡讲到候鸟南飞。萨夫卡专心听我讲下去,连眼睛也不眨一下,自始至终愉快地微笑。

"这种鸟觉得哪儿亲一些呢?"他问,"是我们这边呢,还是那边?"

"当然是我们这边。这种鸟本身就是在这儿出生的,又在这儿孵出小鸟,这儿就是它的故乡嘛。至于它飞到那边去,那也只是为了免得冻死罢了。"

巫婆集

"有意思!"萨夫卡说,伸个懒腰,"不管讲什么,都满有意思。拿鸟儿来说,或者拿人来说,……再不然,拿这块小石头来说,样样东西都有它的道理!……唉,老爷,要是我早知道您来,我就不会叫那个娘们儿今天到这儿来了……有个娘们儿要求今天晚上到这儿来……"

"哎,你请便,我不会打搅你们!"我说,"我可以到小树林里去躺着……"

"得了吧,这是什么话!她要是明天来,也死不了……如果她能坐在这儿,听人讲话倒也罢了,可她老是要胡说八道。有她在,就不能正正经经地谈话了。"

"你是在等达里娅吧?"我沉默了一会儿,问道。

"不……今天是另一个女人要来……铁路扳道工的老婆阿加菲娅……"

萨夫卡是用平素那种冷漠的、有点低沉的声调说这些话的,仿佛他讲的是烟草或者麦粥似的,可是我听了却吃一惊,猛然欠起身来。我认得扳道工的妻子阿加菲娅……她是个还十分年轻的少妇,年纪不过十九岁或者二十岁,去年刚刚嫁给铁路的扳道工,一个威武的年轻小伙子。她在村里住着,她的丈夫每天晚上从铁路线回到她那儿去过夜。

"老弟,你跟那些女人来往早晚会惹出祸事来的!"我叹道。

"随她们去吧……"

萨夫卡沉吟了一下又补充说:

"我对那些娘们儿也这么说过,她们就是不听嘛……她们那些傻娘们儿简直满不在乎!"

紧跟着是沉默……这当儿天色越来越黑,样样东西都失去原有的轮廓了。山丘后面的一长条晚霞已经完全消散,天上的繁星变得越来越明亮,越灿烂……草螽忧郁、单调的鸣声,秧鸡的嗞啦嗞啦的啼叫和鹌鹑咕咕的叫声都没有破坏夜晚的寂静,反而给它增添了单调。似乎那些轻柔悦耳的叫声不是来自飞禽,也不是来自昆虫,而是来自天上俯视着我们的繁星……

巫 婆 集

首先打破沉默的是萨夫卡。他慢腾腾地把眼睛从乌黑的库特卡移到我身上,说:

"我看,老爷,您觉得烦闷了。那就吃晚饭吧。"

他没有等我同意,就肚皮朝下,爬进窝棚,在那儿摸索着,这时候整个窝棚就开始像树叶似的战栗起来,随后他爬回来,把我的白酒放在我面前,另外还放了个土碗。碗里有几个烧硬的鸡蛋、几块荤油黑麦饼和几块黑面包,另外还有点别的东西……我们用一只弯腿的、站不稳的杯子喝酒,然后吃起那些东西来……盐粒很大,而且是灰色的,麦饼油腻而肮脏,鸡蛋老得跟橡胶似的,可是另一方面,这些东西吃起来又是多么香!

"你孤苦伶仃,可是你这儿的吃食倒不少呢,"我指着土碗说,"你是从哪儿拿来的?"

"那些娘们儿送来的……"萨夫卡嘟嘟哝哝地说。

"她们为什么给你送这些来呢?"

"不为什么……怜惜我呗……"

不单是萨夫卡的吃食,就连他的衣服也带着女人

"怜悯"的痕迹。例如这天傍晚,我发现他腰上系着一条新的绒线带,他肮脏的脖子上套着一根猩红色丝带,丝带上挂着一个小小的铜十字架。我知道女性对萨夫卡的钟爱,也知道他不乐意谈女人,所以我没有继续问下去。况且也没有时间谈话……库特卡本来在我们跟前转来转去,着急地等我们丢给它食物,这时候忽然竖起耳朵,汪汪地叫起来。远处响起了断断续续的溅水声。

"有人蹚着水来了……"萨夫卡说。

过了三分钟光景,库特卡又汪汪地叫起来,而且发出一种咳嗽似的声音。

"嘘!"主人吆喝它说。

在黑暗中低沉地响起了胆怯的脚步声,从小树林里露出一个女人的身影。尽管天色很黑,我却认出她来,她就是扳道工的妻子阿加菲娅。她胆怯地走到我们跟前,站住,气喘吁吁。她透不过气来,多半不是由于走累了,而可能是由于她心里害怕,再者,她有一种不愉快的感觉,大凡夜间蹚着水过河的人都会有那种感觉的。她看见窝棚旁边不是一个人而是两个人,就轻微地惊叫一声,倒退一步。

"哦,……是你啊!"萨夫卡说,把一块饼塞进自己嘴里。

"我……是我,"她支吾道,手里拿着的一包东西掉在地下,斜起眼睛来瞟我,"雅科夫问您好,吩咐我交给您……喏,这点东西……"

"算了,你干吗撒谎?什么雅科夫不雅科夫的!"萨夫卡笑着说,"用不着撒谎,老爷知道你是干什么来的!你坐下,做我们的客人吧。"

阿加菲娅斜起眼睛瞟我,犹疑不决地坐下。

"我还当是你今天晚上不来了……"萨夫卡经过长久的沉默后说,"你呆坐着干什么?吃嘛!莫非要我给你点白酒喝?"

"你想到哪儿去了!"阿加菲娅说,"你把我当成酒鬼了……"

"你就喝吧……喝了心里热乎一点……喏!"

萨夫卡把那只弯腿的杯子递给阿加菲娅。她就慢慢地把酒喝下去,却没吃下酒的菜,光是长吁了一口气。

"你带东西来了……"萨夫卡解开那个包袱,带着满不在意、开玩笑的口气接着说,"娘们儿总不能不带点东西。啊,馅饼和土豆……他们的日子过得挺不错呢!"他转过脸来对着我,叹口气说,"全村子只有他们家里才有去年冬天留下的土豆!"

在黑地里我看不清阿加菲娅的脸,不过从她肩膀和头部的动作来看,我觉得她的目光一刻也没离开过萨夫卡的脸。我不愿意在这场幽会中做第三者,就决定到别处去溜达一下,于是我站起来。可是这时候,小树林里有一只夜莺突然发出两声女低音般的啼鸣。过了半分钟它又发出一串尖细的颤音,它照这样试了试歌喉后,就开始歌唱。萨夫卡跳起来,听着。

"这就是昨天的那一只!"他说,"你等着!……"

巫婆集

他猛地离开原来的地方,不出声地跑到小树林里去了。

"喂,你去找它干什么?"我对着他的背影喊道,"算了吧!"

萨夫卡摇一下手,意思是说别嚷嚷,然后就消失在黑暗里了。萨夫卡遇到高兴的时候,无论是打猎还是钓鱼,都很擅长,然而就连在这类事情上,他的才能也像他的力气那样白白糟蹋了。他懒得照规矩办事,却把他对猎捕的全部热情用在无益的花招上。比方说,他捉夜莺一定要空手去捉,他捕梭鱼是用鸟枪打,他往往在河边一连呆站几个钟头,用尽全力拿大鱼钩钓小鱼。

剩下来只有我和阿加菲娅两个人了。她嗽一下喉咙,好几次举起手掌摩挲她的额头……她喝过酒后,已经有点醉意了。

"你生活得怎样,阿加霞①?"我问她说。已经沉默

---

① 阿加菲娅的爱称。

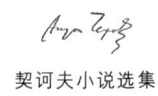

了很久,再沉默下去就要觉得别扭了。

"谢天谢地,挺好……您可别对外人说,老爷……"她忽然小声补充了一句。

"好,你别担心,"我安慰她说,"不过你也真大胆,阿加霞……万一雅科夫知道了呢?"

"他不会知道……"

"哼,这可说不定!"

"不……我会比他先到家。眼下他在铁路线上,要把邮务列车送走才会回来。那班列车什么时候走过,这儿听得见……"

阿加菲娅又把手伸到额头上,往萨夫卡走去的方向看了一阵。那只夜莺在歌唱。一只夜鸟低低地挨着地面飞过去,它一发现我们,就吃一惊,把翅膀扇得呼呼的响,往河对岸飞去。

夜莺不久就不出声了,可是萨夫卡没有回来。阿加菲娅站起身子,不安地迈出几步,又坐下。

"他这是在干什么?"她忍不住说,"那班列车又不是明天才来！我一会儿就得走了！"

"萨夫卡！"我叫道，"萨夫卡！"

我的叫声甚至没有引起回声。阿加菲娅不安地扭动身子，又站起来。

"我该走了！"她用激动的声调说，"火车马上就要来！我知道火车什么时候经过！"

可怜的少妇说得不错。还没过一刻钟，就远远地响起了轰隆声。

阿加菲娅久久地凝神望着小树林，着急地活动两只手。

"咦，他到哪儿去了？"她开口说，烦躁地笑着，"魔鬼把他支使到哪儿去了？我要走了！真的，我要走了！"

这时候，轰隆声越来越清楚，已经可以听清车轮的滚转声和火车头沉重的喘息声了。后来汽笛鸣叫，火车轰轰响地经过大桥……再过一分钟，一切又归于沉寂。

"我再等一分钟吧……"阿加菲娅叹道，毅然决然地坐下来,"就这样吧,我等着!"

最后萨夫卡总算在黑暗里出现了。他光着脚,不出声地踩着菜园的松软地面,嘴里轻声哼着曲子。

"真倒运,不知怎么搞的!"他快活地笑着说,"喏,我刚刚走到矮树丛跟前,刚刚对准它伸出手去,它就不唱了!嘿,这条脱了毛的狗!我等啊,等啊,等着它再唱,可是后来只好吐口唾沫,算了……"

萨夫卡在阿加菲娅身旁笨拙地一屁股坐下去,为了稳住身子而伸出两条胳膊去搂住她的腰。

"你干吗愁眉苦脸的,倒好像你是你舅母生的?"他问。

萨夫卡尽管心肠软,又厚道,却看不起女人。他对待她们随随便便,态度傲慢,甚至不顾自己的体面,鄙夷地讪笑她们对他本人的感情。上帝才知道,也许这种随随便便的鄙夷态度正是村子里的杜尔西内娅①们

---

① 西班牙作家塞万提斯的《堂吉诃德》中男主人公的理想的情人。在此借喻"情人"。

心目中认为他有强大而不可抗拒的魔力的一个原因吧。他生得漂亮匀称,他的眼睛即使在看他藐视的女人的时候,也总是闪着平静的爱意,然而单凭外貌还不足以说明他的魔力。除了他那招人喜爱的外貌和独特的待人态度以外,萨夫卡既是一个大家公认的失意者,一个不幸从自家的小木房里被放逐到菜园里来的流亡者,那么,必须认为,他扮演的这种动人角色对女人也自有影响。

"那你对老爷讲一讲你是干什么来的!"萨夫卡仍然搂住阿加菲娅的腰,继续说,"喂,快点说呀!你这个有夫之妇!哈哈……那么,我的好妹子阿加霞,咱们再喝点白酒?"

我站起来,往菜畦中间走去,在菜园子里到处转悠。乌黑的菜畦像压扁的大坟堆。那儿散发出掘松的土地的气味,农作物新沾了露水而冒出细腻的潮香……左边那个红色的亮光仍然在闪烁。它亲切地眨眼,似乎在微笑。

我听见快乐的笑声。那是阿加菲娅在笑。

"可是那班列车呢?"我想起来,"那班列车可是早就来了。"

我等了一阵,又走回窝棚。萨夫卡像土耳其人那样盘腿坐着不动,嘴里轻轻地哼着一首歌,声音低得几乎听不见,歌词却很简短,类似"你滚开,去你的……我和你……"阿加菲娅刚喝过酒,又受到萨夫卡轻蔑的爱抚,再加上夜晚的闷热,已经陶醉了。她在他旁边土地上躺着,把脸紧紧贴着他的膝盖。她完全沉湎在她的感情里,一点也没有留意到我走过去。

"阿加霞,要知道那班列车早就来了!"我说。

"你该走了,该走了,"萨夫卡附和我的想法说,摇头,"你躺在这儿干什么?你这个不要脸的!"

阿加菲娅打了个冷战,把头从他的膝盖那儿移开,看了我一眼,又依偎着他躺下去。

"早就该走了!"我说。

阿加菲娅翻个身,坐起来,屈着一条腿跪在地上……她心里痛苦……我在黑暗中看出她全身有半分钟之久表现出挣扎和动摇。有那么一瞬间,她似乎清醒过来,挺直身子要站起来了,然而这时候却似乎有一种不可战胜和不肯让步的力量在推动她的整个身子,她就又倒下去,依偎着萨夫卡。

"去他的!"她说着,发出一阵来自内心深处的狂笑。在这种笑声里,可以听出不顾一切的果断、软弱、痛苦。

我悄悄往小树林里走去,在那儿走下坡来到河边,我们的钓鱼工具都放在那儿。那条河在安睡。有一朵柔软的双瓣花长在高高的茎上,温柔地摸一下我的脸,就像一个小孩要叫人知道他没睡着似的。我闲着没事做,摸到一根钓丝,把它拉上来。它没有绷紧,松松地垂着,可见什么东西也没有钓到……对岸和村子一概看不见。有所小木房里闪着灯火,可是不久就熄了。我在岸上摸索着走去,找到我白天看好的一块洼地,在那里坐下,就跟坐在安乐椅上似的。我坐了很久……

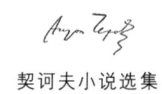

我看见繁星渐渐暗淡,失去原有的光芒,一股凉气像轻微的叹息似的在地面上吹拂过去,抚摸着正在醒来的柳树的叶子……

"阿加菲娅!……"一个低沉的声音在村里响起来,"阿加菲娅!"

这是那个丈夫,他回到家里,心慌意乱,正在村里找他的妻子。这时候菜园里传来了抑制不住的笑声:他的妻子已经忘掉一切,心醉神迷,极力用几个钟头的幸福来抵补明天等着她的苦难。

我睡着了……

等到我醒过来,萨夫卡正在我身旁坐着,轻轻地摇我的肩膀。那条小河、小树林、绿油油的像冲洗过的两岸、树木、田野,都浸沉在明亮的晨光里。太阳刚刚升起,它的光芒穿过细长的树干,直照着我的背脊。

"您就是这样钓鱼啊?"萨夫卡笑着说,"得了,您起来吧!"

我就站起来,舒服地伸了个懒腰,我那苏醒过来的胸脯贪婪地吸着润湿清香的空气。

"阿加霞走了?"我问。

"她就在那儿。"萨夫卡对我指一下河边的浅滩,说。

我凝神细看,瞧见了阿加菲娅。她撩起衣裙,正在渡河,头巾已经从她头上滑下来,头发披散着。她的腿几乎没怎么移动……

"这只猫知道它偷吃了谁的肉!"萨夫卡嘟哝说,眯细眼睛看着她,"她夹着尾巴走路了……这些娘们儿淘气得像猫,胆怯得像兔子……这个傻娘们儿,昨天晚上叫她走,她却不走!现在她可要倒霉了,连带着我也会给拉到乡公所去……又要为这些娘们儿挨一顿打了……"

阿加菲娅已经走到对岸,穿过旷野往村子走去。起初她相当大胆地走着,然而不久,着急和恐惧就占了上风:她战战兢兢地回转身来看一下,站住,歇一歇气。

"这不,她害怕了!"萨夫卡苦笑一下说,瞧着阿加菲娅在带着露水的草地上走过去后留下的碧绿的小径,"她还不想去呢!她的丈夫已经在那儿站了整整一个钟头,等着她……您看见他了吗?"

萨夫卡是笑吟吟地说出最后那句话的,然而我的心口却发凉。雅科夫正在村子尽头一所小木房附近的大道上站着,定睛瞧着他那归来的妻子。他一动也不动,呆呆地立在那儿,像是一根柱子。他眼睛瞧着她,心里在怎样想呢?他会说些什么话来迎接她呢?阿加菲娅站了一会儿,又回过头来看一眼,仿佛期望我们帮忙似的,然后又往前走去。像她那样的步伐,我不论是在醉汉身上还是在清醒的人身上都从来也没见到过。丈夫的眼光似乎弄得阿加菲娅周身不自在。她时而歪歪斜斜地走去,时而在原地踏步,两个膝盖软得往下弯,两只手摊开,时而又往后倒退。她再走一百步光景,又回过头来看一眼,索性坐下了。

"你至少也该躲在灌木丛后面呀……"我对萨夫卡说,"千万不要让她的丈夫看见你才好……"

"他就是没看见我,也还是知道阿加霞从谁那儿回去的……娘们家不会三更半夜到菜园里来摘白菜,这是大家心里都明白的。"

我看一眼萨夫卡的脸。他脸色苍白,露出又厌恶又怜悯的神情,就跟人们看见受折磨的动物一样。

"猫的笑声就是老鼠的眼泪啊……"他叹道。

阿加菲娅忽然跳起来,摇一下头,迈开大胆的步子往她丈夫那边走去。显然,她鼓足力量,下定决心了。

大　学　生

起初天气很好,没有风。鸫鸟噪鸣,附近沼泽里有个什么活东西在发出悲凉的声音,像是往一个空瓶子里吹气。有一只山鹬飞过,向它打过去的那一枪,在春天的空气里,发出轰隆一声欢畅的音响。然而临到树林里黑下来,却大煞风景,有一股冷冽刺骨的风从东方刮来,一切声音就都停息了。水洼的浮面上铺开一层冰针,树林里变得不舒服、荒凉、阴森了。这就有了冬天的意味。

教堂诵经士的儿子,神学院的大学生伊凡·韦里

巫 婆 集

科波尔斯基打完山鹬,步行回家,一直沿着水淹的草地上一条小径走着。他手指头冻僵,脸给风刮得发烧。他觉得这种突如其来的寒冷破坏了万物的秩序与和谐,就连大自然本身也似乎觉得害怕,因此傍晚的昏暗比往常来得快。四下里冷清清的,不知怎的,显得特别阴森。只有河边的寡妇菜园里有亮光,远方以及大约四俄里外的村子都沉浸在傍晚寒冷的幽暗里。大学生想起,先前他从家里出来的时候,他母亲正光着脚,坐在前堂里的地板上擦茶炊,他父亲躺在灶台上咳嗽。这天是受难节①,他家里没烧饭,他饿得难受。现在,大学生冷得缩起身子,心里暗想:不论在留里克②的时代也好,在伊凡雷帝③的时代也好,在彼得④的时代也好,都刮过这样的风,在那些时代也有这种严酷的贫穷

---

① 基督教节日,复活节前的星期五守此节。
② 据编年史记载,留里克为公元9世纪的诺夫哥罗德大公,其子伊戈尔为俄罗斯国家的第一个王朝留里克王朝的建立者。
③ 即俄国沙皇伊凡四世(1530—1584)。
④ 即俄国沙皇彼得一世(1672—1725)。

和饥饿,也有这种破了窟窿的草房顶,也有愚昧、苦恼,也有这种满目荒凉、黑暗、抑郁的心情,这一切可怕的现象从前有过,现在还有,以后也会有,因此再过一千年,生活也不会变好。想到这些,他都不想回家了。

那菜园所以叫作寡妇菜园,是因为它归母女两个寡妇所有。一堆篝火烧得很旺,噼噼啪啪地响,火光照亮了周围远处的耕地。寡妇瓦西里萨是个又高又胖的老太婆,穿一件男人的短皮袄,站在一旁,瞧着火光想心事;她的女儿路凯利雅身材矮小,脸上有麻斑,样子有点蠢,她坐在地上,正在洗一口锅和几把汤勺。显然她们刚刚吃过晚饭。旁边传来男人的说话声,那是此地的工人在河边饮马。

"嘿,冬天又回来了,"大学生走到篝火跟前说,"你们好!"

瓦西里萨打了个哆嗦,不过她立刻认出他来,就客气地笑了笑。

"我刚才没认出您来,求主保佑您,"她说,"您要

巫婆集

发财啦①。"

他们攀谈起来。瓦西里萨是个见过世面的女人,以前在一位老爷家里当乳母,后来做保姆。她谈吐文雅,脸上始终挂着温和而庄重的笑容。她的女儿路凯利雅却是个村妇,受尽丈夫的折磨,这时候光是眯细眼睛看着大学生,一句话也没说,她脸上的表情古怪,就像一个又聋又哑的人。

"当初使徒彼得恰好就在这样一个寒冷的夜晚在篝火旁边取暖,"大学生说着,把手伸到火跟前,"可见那时候天也很冷。啊,那是多么可怕的一夜啊,老大娘!非常悲惨而漫长的一夜啊②!"

他朝黑魆魆的四周望了望,使劲摇一下头,问道:

"你大概听人读过十二节福音吧?"

"听过。"瓦西里萨回答说。

---

① 俄罗斯习俗,熟人相遇,一时未能认出对方,在认出后,即用此语解嘲。
② 指《圣经》上所载耶稣被捕的那一夜,详见《路加福音》。

"那你会记得,在进最后的晚餐时,彼得对耶稣说:'我就是同你下监,同你受死,也是甘心。'主却回答他说:'彼得,我告诉你,今日鸡还没有叫,你要三次说不认得我。'傍晚以后,耶稣在花园里愁闷得要命,就祷告,可怜的彼得心神劳顿,身体衰弱,眼皮发重,怎么也压不下他的睡意。他睡着了。后来,你听人读过,犹大就在那天晚上吻耶稣,把他出卖给折磨他的人了。他们把他绑上,带他去见大司祭,打他。彼得呢,累极了,又受着苦恼和惊恐的煎熬,而且你知道,他没有睡足,不过他预感到人世间马上要出一件惨事,就跟着走去。……他热烈地,全心全意地爱耶稣,这时候他远远看见耶稣在挨打。……"

路凯利雅放下汤勺,定睛瞧着大学生。

"他们到了大司祭那儿,"他接着说,"耶稣就开始受审,而众人因为天冷,在院子里燃起一堆火,烤火取暖。彼得跟他们一块儿站在火旁,也烤火取暖,像我现在一样。有一个女人看见他,就说:'这个人素来也是同耶稣一伙的。'那就是说,也得把他拉去受审。所有那些站在火旁的人想必怀疑而严厉地瞧着他,因为他心慌了,说:'我不认得他。'过了一会儿,又有一个人认出他是耶稣的门徒,就说:'你也是他们一党的。'可是他又否认。有人第三次对他说:'我今天看见跟他一块儿在花园里的,不就是你吗?'他又第三次否认。正说话之间,鸡就叫了,彼得远远地瞧着耶稣,想起昨天进晚餐时耶稣对他说过的话。……他回想着,醒悟过来,就走出院子,伤心地哭泣。福音书上写着:'他就出去痛哭。'我能想出当时的情景:一个安安静静、一片漆黑的花园,在寂静中隐约传来一种低沉的啜泣声。……"

大学生叹口气,沉思起来。瓦西里萨虽然仍旧赔着笑脸,却忽然哽咽一声,大颗的泪珠接连不断地从她的脸上流下来,她用衣袖遮着脸,想挡住火光,似乎在为自己的眼泪害臊似的;而路凯利雅呆望着大学生,涨红脸,神情沉闷而紧张,像是一个隐忍着剧烈痛苦的人。

工人们从河边回来了,其中一个骑着马,已经走近,篝火的光在他身上颤抖。大学生对两个寡妇道过晚安,便往前走去。黑暗又降临了,他的手渐渐冻僵。吹来一阵刺骨的风,冬天真的回来了,使人感觉不到后天就是复活节。

这时候大学生想到瓦西里萨:既然她哭起来,可见彼得在那个可怕的夜晚所经历的一切都跟她有某种关系。……

他回过头去看。那堆孤零零的火在黑地里安静地摇闪,看不见火旁有人。大学生又想:既然瓦西里萨哭,她的女儿也难过,那么显然,刚才他所讲的一千九百年前发生过的事就跟现在,跟这两个女人,大概也跟这个荒凉的村子有关系,而且跟他自己,跟一切人都有关系。既然老太婆哭起来,那就不是因为他善于把故事讲得动人,而是因为她觉得彼得是亲切的,因为她全身心关怀彼得的灵魂里发生的事情。

他的灵魂里忽然掀起欢乐,他甚至停住脚站一会儿,好喘一口气。"过去同现在,"他暗想,"是由连绵不断、前呼后应的一长串事件联系在一起的。"他觉得他刚才似乎看见这条链子的两头:只要碰碰这一头,那一头就会颤动。

他坐着渡船过河,后来爬上山坡,瞧着他自己的村子,瞧着西方,看见一条狭长的、冷冷的紫霞在发光,这时候他暗想:真理和美过去在花园里和大司祭的院子里指导过人的生活,而且至今一直连续不断地指导着生活,看来会永远成为人类生活中以及整个人世间的主要东西。于是青春、健康、力量的感觉(他刚二十二岁),对于幸福,对于奥妙而神秘的幸福那种难于形容的甜蜜的向往,渐渐抓住他的心,于是生活依他看来,显得美妙、神奇,充满高尚的意义了。

猎　　人

一个溽暑闷热的中午。天上连一小片云也没有。……青草被太阳晒得枯萎,显得灰心绝望:即使下上一场雨,它也不能发绿了。……树林静悄悄的,纹丝不动,似乎用树梢眺望远方,或者等一件什么事似的。

林间空地的边沿上,有个四十岁上下的男子懒散地走着,脚步蹒跚,这人高身量,窄肩膀,身上穿一件红衬衫和一条原是地主穿的、已经打了补丁的裤子,脚上穿着大皮靴。他沿着大路慢腾腾地走去。右边是绿色的林间空地,左边伸展着成熟的黑麦地,金黄色的海洋

巫婆集

一直蔓延到地平线。……他脸色发红,满头大汗。一顶白色便帽大模大样地戴在他那漂亮的、生着金发的脑袋上,便帽上有骑手用的直帽檐,显然是慷慨的地主少爷送给他的礼物。他的肩头搭着一个猎物袋,里面装着一只揉成了团的黑雷鸟。男人手里拿着双筒枪,已经扳起枪机。他眯细眼睛瞧着他那只又老又瘦的狗,它跑在前面,在灌木丛里嗅着。四下里静悄悄的,一点声音也没有。……所有的活物都热得躲起来了。

"叶果尔·符拉绥奇!"猎人忽然听见一个轻微的说话声。

他吃了一惊,回头看去,皱起了眉头。在他身旁,仿佛从地里钻出来似的,站着一个脸色苍白的农妇,年纪三十岁上下,手里拿着镰刀。她凝视着他的脸,腼腆地微笑着。

"哦,是你,彼拉盖雅!"猎人说,站住,慢腾腾地扳下枪机,"嗯!……你怎么到这儿来了?"

"我们村里的妇女到这儿来做工,我也就跟她们一块儿来了。……我是来做短工的,叶果尔·符拉绥奇。"

"原来是这样……"叶果尔·符拉绥奇含糊地说了一句,慢慢地往前走去。

彼拉盖雅在他身后跟着。他们默默地走出大约二十步。

"我已经很久没有见到您了,叶果尔·符拉绥奇……"彼拉盖雅说,温柔地瞧着猎人耸动的肩膀和肩胛骨,"自从复活节您到我们的小屋来喝了些水以后,我就一直没有见到过您。……复活节那次您只来了一会儿就走了,而且那一次上帝才知道是怎么回事……您喝得醉醺醺的。……您骂我一阵,打了我一顿,后来就走了。……我一直等啊,等啊……我的眼睛都要望穿了,一直在等您。……哎,叶果尔·符拉绥奇,叶果尔·符拉绥奇!您总也该来一趟才是!"

"我到你那儿去干什么啊?"

"嗯,当然,没有什么要您干的事,不过呢……总有个家嘛。……您也该看一看家里过得怎样。……您是一家之主。……哟,您已经打到一只雷鸟了,叶果尔·符拉绥奇!那您就坐一坐,歇一会儿。……"

彼拉盖雅一面讲着这些话,一面像个傻姑娘似的痴笑,抬头看着叶果尔的脸。……她的脸洋溢着幸福的神情。……

"坐一坐吗?也好……"叶果尔用冷淡的口气说,在两棵成长着的杉树中间一小块地方坐下,"你站着干什么?你也坐下!"

彼拉盖雅稍稍离开他一点,在向阳的地方坐下来,为她自己的欢乐害臊,抬起一只手捂住她那微笑着的嘴。在沉默中过了两分钟光景。

"您总也该来一趟才是。"彼拉盖雅轻声说。

"去干什么呢?"叶果尔叹道,脱掉帽子,用袖子擦了擦发红的额头,"根本就没有必要。去一两个钟头,无非是浪费时间罢了,反而搅得你心神不定。可是要我经常住在村子里,我的灵魂却受不了。……你自己

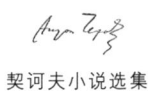

知道,我是个过惯了好日子的人。……我要有床睡,要好茶喝,要斯斯文文地谈谈天……各式各样讲究的东西我都要,可是你们那个村子里却只有穷苦和煤烟。……我连一天也过不下去。……比方说,假定上面下命令,一定要我在你那儿住下,那我就会放一把火烧掉那间小屋,要不然就把自己弄死。我从小就爱过舒服日子,这是没有办法的。"

"现在您住在哪儿?"

"我住在地主德米特利·伊凡内奇家里,做一名猎人。我给他的饭桌添上点野味,不过他养着我大半是……为了取乐。"

"您干的不是正业,叶果尔·符拉绥奇。……在别人,打猎是玩乐,可是在您,却成了手艺……成了正经的行当了。……"

"你不懂,傻娘们儿,"叶果尔说,沉思地瞧着天空,"你从来也不了解我是个什么样的人,你一辈子也不会了解。……按你的看法,我是个糊里糊涂而误入歧途的人,可是也有些明白事理的人,就认为我是全县数一数二的好射手。那些地主老爷领会这一点,他们甚至在杂志上发表文章讲到我呢。在打猎这一行里没有一个人比得上我。……讲到我厌恶你们村子里的活儿,那倒不是因为我贪舒服,也不是因为我高傲。我从很小的时候起,你知道,除了玩枪养狗以外,别的行当一概没干过。人家夺走我的枪,我就拿起钓鱼竿;人家夺走我的钓鱼竿,我就赤手空拳去打猎捕鱼。喏,我还贩卖过马,我一有钱,就到各处市集上去活动。你知道,要是一个庄稼汉迷上打猎或者贩马,那就跟犁头断了缘分。如果人一心向往自由,那你怎么也没法叫他放弃它。同样,要是一个老爷当上演员,或者迷上别的艺术,他就永世也不会做官或者做地主了。你是个妇道人家,你不懂,不过这种事应该懂。"

"我懂,叶果尔·符拉绥奇。"

"既然你想哭,可见你没懂。……"

"我……我没哭……"彼拉盖雅说,扭过脸去,"这是罪过,叶果尔·符拉绥奇!您跟我这个不幸的人总也该一块儿过一天才是。我已经嫁给您十二年了,可是……可是我们俩一回也没有相亲相爱过!……我……我没哭。……"

"相亲相爱……"叶果尔喃喃地说,搔一搔手,"根本就谈不到什么相亲相爱。我们只不过名义上是夫妻罢了,难道我们真的是夫妻?在你的眼里,我是个野人,在我的眼里呢,你是个傻娘们儿,什么也不懂。我们怎么能做夫妻呢?我是个自由自在的人,过惯了好日子,玩玩乐乐,你呢,是个打短工的,穿着树皮鞋,住在脏地方,弯着腰干活。我自己认为我在打猎这一行里是头一把手,可是你总可惜我没出息。……这怎么能配成对呢?"

"可是话说回来,我们是明媒正娶的,叶果尔·符拉绥奇!"彼拉盖雅哭着说。

"我们结婚不是出于本心。……难道你忘了?这得怪谢尔盖·巴甫洛维奇伯爵……和你自己。伯爵看见我的枪法比他强,嫉妒我,就整整灌了我一个月的酒;一个人喝醉了酒,慢说是叫他举行婚礼,就是叫他改信别的宗教,也可以办到。他不管三七二十一,为了报复我就叫我娶了你。……一个猎人娶了个喂牲口的丫头!你明明看见我喝醉了,为什么嫁给我?要知道你不是农奴,你可以反抗嘛!嗯,当然,一个喂牲口的丫头嫁给一个猎人,算是走了运,可是你也得思前想后才对。喏,现在你只好伤心,哭哭啼啼。伯爵不过是开了个玩笑,可是你就得哭……拿脑袋撞墙了。……"

紧跟着是沉默。有三只野鸭飞过林间空地的上空。叶果尔瞧着它们,目送它们飞去,到后来它们变成三个几乎看不见的小点,远远落到树林后边去了。

"你靠什么生活?"他问,把眼睛从鸭子移到彼拉盖雅身上。

"眼下我打短工,到冬天我就从育婴堂里领回一个小娃娃来,喂他吃牛奶。他们每个月给我一个半卢布。"

"哦。……"

随后又是沉默。收割过的田地上响起了轻柔的歌声,可是那支歌刚唱开头就停住了。天气热得使人唱不下去。……

"人家说您给阿库丽娜盖了一所新的小木房。"彼拉盖雅说。

叶果尔没有说话。

"那么,您看上她了。……"

"这也是你的时运,你的命!"猎人说,伸了个懒腰,"你看开点吧,可怜虫。可是,再见了,我净顾说话,把时间也忘了。……今天傍晚我还得赶到包尔托沃村去。……"

叶果尔站起来,伸个懒腰,把枪挎在肩膀上。彼拉盖雅站起来。

"那么您什么时候到村子里来?"她轻声问道。

"还是不去的好。我清醒的时候绝不会去,我喝醉了去,也于你没有什么好处。我喝醉了爱发脾气。……再见!"

"再见,叶果尔·符拉绥奇。……"

叶果尔把帽子戴在后脑壳上,吧嗒了一下嘴,招呼他的狗,便继续赶路了。彼拉盖雅站住不动,瞧着他的背影。……她瞧着他那活动的肩胛骨,漂亮的后脑壳,懒洋洋、漫不经心的步子,她那对眼睛就充满了忧郁和温柔的爱抚。……她的目光打量着她丈夫细高的身影,爱抚它,温存它。……他仿佛感到了她的目光似的,停住脚,回过头来看。……他沉默不语,彼拉盖雅从他的脸容,从他那耸起的肩膀看出来他有些什么话要对她说。她就胆怯地走到他跟前,用恳求的眼光瞧着他。

"给你!"他说,扭回身去。

他给了她一张揉皱的一卢布钞票,很快地走开了。

"再见,叶果尔·符拉绥奇!"她心不在焉地接过那张钞票,说。

他顺着一条又直又长如同拉紧的皮带般的道路走

去。……她站在那儿脸色苍白,纹丝不动,犹如一尊塑像,用目光盯住他的每一步路。可是后来,他衬衫的红色同他裤子的黑色混在一起,他的脚步渐渐看不清楚,那条狗跟他的皮靴也不能截然分开了。她看得清的只有那顶便帽,可是……忽然,叶果尔猛的往右转弯,走进林间空地,那顶便帽就也消失在一片苍翠当中了。

"再见,叶果尔·符拉绥奇!"彼拉盖雅小声说着,踮起脚尖,想再看一眼他的白色便帽。

幸　福

献给亚·彼·波隆斯基

　　一群羊在草原上一条名叫"大路"的宽阔道路上过夜。看羊的是两个牧人。一个年纪已经八十上下,牙齿脱落,脸皮发颤,他伏在路旁,肚皮朝下,胳膊肘放在扑满尘土的车前草叶子上;另一个是年轻小伙子,生着浓密的黑眉毛,还没有长出唇髭,身上的衣服是粗麻布做的,这种布通常是做廉价的麻袋用的。他躺在那儿,脸朝上,两只手枕在脑袋底下,眼睛向上仰望天空,银河正好横在他的脸上边,那儿有许多睡眼惺忪的星星。

这儿不光有两个牧人。离他们一俄丈远,在笼罩着大路的昏暗中,现出一匹乌黑的、上了鞍子的马,马旁边站着一个男人,穿着大皮靴和短上衣,倚着马鞍,多半是地主家的管事。凭他那挺直不动的身材,凭他的气派,凭他对待牧人和马的态度来看,他是个严肃稳重而且自视很高的人,就连在黑暗里也可以看出他带着军人的风度,举止之间流露出高高在上的尊严迹象,这是经常跟地主们和总管们周旋得来的。

那些羊睡着了。曙光已经开始布满东方的天空,在这灰白色的背景上,可以看见这儿那儿有些没有睡觉的羊的身影。它们站在那儿,低下头,在想什么心事。它们的思想纯粹来自辽阔的草原和天空的印象,来自白昼和黑夜的印象,枯燥而郁闷,这些思想大概重重地压在它们心上,使它们对一切都淡漠无情,如今它们就站在那儿一动也不动,既没留意到有生人在场,也没留意到牧羊犬的不安。

巫　婆　集

昏沉、凝滞的空气里满是夏天草原夜晚必然会有的单调的闹声。蟊斯不停地叽叽叫,鹌鹑在歌唱。在离羊群一俄里远的小山沟里,流着小河和生着柳树的地方,有些幼小的夜莺在懒洋洋地打呼哨。

管事下马原是要向牧人们借个火儿点烟的。他沉默地点上烟斗,吸完一袋烟,然后一句话也没说,胳膊肘倚着马鞍,沉思了。年轻的牧人根本不理他,仍旧躺在那儿,看着天空。老人却对管事打量很久,问道:

"您好像是玛卡罗夫庄园上的潘捷列吧?"

"就是我。"管事回答说。

"我看就是嘛。我先没认出您来,可见您要发财了①。上帝把您从哪儿打发来的啊?"

"从柯维列甫斯基区来。"

"那儿很远啊。你们那儿的地是按分成的办法佃出去的吗?"

---

① 这是一种迷信的说法。

"按几种不同的办法。有的是分成,有的是收租钱,有的是收瓜。说实在的,我刚才到磨坊去了一趟。"

有一只又大又老的灰白色牧羊犬,浑身毛茸茸,眼睛和鼻子旁边生着一圈圈毛,极力装出不在乎有生人在场的样子,心平气和地绕着那匹马走了三圈,可是忽然间,它出人意外地朝着管事的后背扑过去,发出气愤、苍老、嘶哑的吠声,其余的狗也忍不住从原地跳过来。

"去,该死的!"老人叫道,用胳膊肘支起身子来,"叫你咽了气才好,鬼东西!"

等到那些狗平静下来,老人就恢复原先的姿势,用从容的口气说:

"在耶稣升天节①,科维利村的叶菲木·日美尼亚死了。晚上可别讲这种事,谈这样的人是罪过的。他

---

① 基督教节日,在复活节后第四十天。

是个坏老头子。您大概听说了。"

"不,我没听说。"

"我说的是叶菲木·日美尼亚,铁匠斯捷普卡的舅舅。这一带的人都认识他。哼,那是个该死的老头子!我认识他有六十年了!自从赶走法国人的沙皇亚历山大给装在大车上从塔甘罗格运到莫斯科的那年①起,我就认识他了。我们一块儿去迎接过去世的沙皇,那时候大路不通巴赫穆特,而是从叶绍洛夫卡通到戈罗季谢,眼下的科维利从前净是些大鸨的窠,每走一步就能碰到一个大鸨窠。那当儿我就已经瞧出来日美尼亚身上有邪气,有鬼附了他的身。我留意过:要是一个庄稼人老是不开口说话,净干些老太婆的杂务事,一心要孤孤单单过日子,那可不是什么好事。叶菲木卡②呢,从年轻的时候起就老不开口,闷声不响,斜着眼睛

---

① 1825年11月,亚历山大一世在塔甘罗格去世。"赶走法国人"指1812年的俄法战争。
② 叶菲木的小名。

看人，他总好像绷着脸，摆架子，就跟公鸡见了母鸡似的。到教堂去也好，跟小伙子们到街上去玩也好，进酒店去喝几杯也好，都不合他的口味。他老是一个人坐着，再不然就跟老太婆们小声谈天。当初，他年轻的时候，就干照料蜂房或者看守菜园子的活儿①。有时候，有些好人到他的菜园去，他的西瓜和香瓜就吱吱地叫。有一回，他钓起一条狗鱼，当时有外人在场，那条鱼哈哈哈地笑起来了。……"

"这种事是有的。"潘捷列说。

年轻的牧人翻个身，扬起黑眉毛，定睛瞧着老人。

"那么你听见过西瓜吱吱叫？"他问。

"求上帝保佑，听倒是没听到过，"老人叹道，"不过人家都这么说。这没有什么稀奇。……只要魔鬼起了意，就连石头都会吱吱叫。农奴解放②前，我们那儿的山岩呜呜地叫了三天三夜呢。这可是我自己听见

---

① 这在俄国农村中是轻体力劳动，老人们才干这种活儿。
② 指1861年俄国废除农奴制度的改革。

的。那条狗鱼笑,是因为日美尼亚钓上来的不是狗鱼,是魔鬼。"

老人想起一件什么事来了。他很快地起来,跪在地上,仿佛怕冷似的缩起脖子,急躁地把手揣在袖管里,像快嘴的女人那样用鼻音嘟哝着:

"上帝啊,拯救我们,怜悯我们!有一回我顺着河边走到新巴甫洛夫卡村去。天起了风暴,好大的暴风雨,求圣母天后保佑吧。……我赶紧使出全身气力往前走,一看,路边荆棘丛中(当时荆棘生得正旺)有一条白牛走出来了。我心想:这是谁家的牛?为什么魔鬼把它打发到这儿来了?它一边走一边摇尾巴,还呜呜地叫!可是,那当儿,老兄,等我追上它,走近前去一看,原来它不是牛,却是日美尼亚。我嘴里念着:神圣的,神圣的,神圣的①!我在胸前画十字,他呢,瞧着我,嘴里念念叨叨,一个劲儿翻白眼。我害怕,怕极了!

---

① 这是祈求保佑的祷告词。

我跟他并排走着,不敢对他说一句话。雷声隆隆地响,天上亮出一条条闪电,柳树朝着河水弯下腰去,猛然间,老兄,一只兔子穿过这条道路①……要是我说了假话,就叫上帝罚我不得好死。它跑啊跑的,忽然站住,口吐人言:'你们好啊,庄稼汉!''走开,你这该死的!'"老人对那条长毛狗叫道,它又绕着马走来走去了,"巴不得你死了才好!"

"这种事是有的。"管事说,仍旧倚着马鞍,没有动。他用低抑而发闷的声音说话,只有沉思的人才那样。

"这种事是有的。"他带着深思的、有把握的口气又说一遍。

"嘿,那真是个坏透了的老头子!"老人接着说,不再那么激烈了,"农奴解放以后,大约过了五年,他在村社办公处挨了一顿打,他为了发泄怨恨,就不管三七

---

① 按照俄国迷信的说法,这是不祥之兆。

二十一,使科维利全村的人都染上了白喉症。那一回死的人,数都数不清啊,多极了,就像闹了一场霍乱。……"

"可是他是怎么叫人染上病的呢?"年轻的牧人沉默一会儿以后问。

"谁都知道那是怎么回事。这用不着什么大聪明,只要起了意就行。日美尼亚用毒蛇的油害人。这法子可厉害,别说吃了那油,就是闻一闻那气味,也会送命哟。"

"这话是实在的。"潘捷列同意说。

"那时候年轻人都想打死他,可是老年人不答应。把他打死可不行。他知道有个地方藏着宝贝。除了他,谁也不知道。这宗宝贝是经人念过咒的,所以你找着了也看不见,可是他看得见。有时候他顺着河岸或者树林走,灌木丛底下和山岩底下就会冒出小火苗来,小小的火苗,小小的火苗。……那些小火苗好像是从硫黄里冒出来的。我亲眼见过。大家本来料着日美尼亚会把那地方告诉人,或者自己动手挖出来,他呢,俗语说得好,却像狗一样自己不吃,又不让人家吃,就这么白白死了:自己没有去挖,也没指点别人去挖。"

管事点起烟斗来,那光一刹那间照亮了他的长唇髭和严厉、庄重的尖鼻子。一个个小光圈,从他手上跳到便帽上,越过马鞍跳到马背上,消失在马耳朵旁边的鬃毛里了。

"这一带是有许多宝贝。"他说。

他慢慢吸进一口烟,往四周扫一眼,把目光停在东方发白的天空上,补充了一句:

"一定有宝贝。"

"这还用说!"老人叹道,"凭种种苗头,可以看出有宝贝,可就是没有人去挖,老兄。谁都不知道真正在哪儿,再者,到了如今这年月,所有的宝贝大概都经人念过咒了。要想找着它,看见它,就得会画符,年轻人,缺了符不顶事。日美尼亚倒有那道符,可是难道你能从他这个秃头鬼那儿要到手?他把那东西藏得严严的,叫谁也拿不到哟。"

年轻的牧人往老人那边爬过两步,用拳头支住脑袋,定睛看着他,目光一动也不动。他的黑眼睛闪出孩子气的恐怖和好奇的神情,在曙光里,这神情似乎使他那粗眉大眼的、年轻的大脸往左右两边伸展,变得扁了。他紧张地听着。

"就连圣书里都写着这一带有许多宝贝呢……"老人接着说,"这是没话可说……错不了的。新巴甫洛夫卡村有个老兵,在伊万诺夫卡村见到过一张字条,这张字条上印着藏宝的地点,甚至印着有多少普特[①]重的黄金,装在什么器具里,按理,有了这张字条早就该得着那宗宝贝了,可就是那宗宝贝经人念过咒,谁也没法拿到手。"

"可是,老爷爷,为什么没法拿到手呢?"年轻的牧人问。

[①] 1普特等于16.38公斤。

"这里头必是有缘故,那个兵没有说。……那宗宝贝经人念过咒了。……总得有一道符咒去破它才成。"

老人讲得入了迷,仿佛对那个过路的人吐露衷曲似的。他不习惯讲得多,讲得快,因此,说话就结结巴巴,带着鼻音。他觉得光说话还不够,就极力活动脑袋、手、瘦肩膀来装点那些话,他一动,他身上那件粗麻布衬衫就皱出褶子,滑到肩膀上,露出乌黑的后背,那后背是经过日晒,再加上他年老,才变黑的。他把衬衫拉下来,可是它立刻又缩上去了。最后老人好像给那件不听话的衬衫弄得失去了耐性,跳起来,苦恼地说:

"幸福倒是有的,可是它埋在地里,那还有什么用呢?财宝白白地给糟蹋了,一点好处也没有,就跟谷壳或者羊粪一样!年轻人,幸福本来很多,多极了,给全区的人分也分不完,可就是没有一个人看得见!大家料着老爷们会把它挖出来,或者政府会把它拿走。老爷们已经动手挖古墓了。……他们必是闻出味儿来了！他们瞧着农民的运气眼热！政府也在暗自打主意。法律上有这么一条,说是农民找到宝贝就得上缴官府。哼,你等着就是,你在做梦！宝是有的,可就不给你们！"

老人轻蔑地笑出声来,往地上一坐。管事注意地听着,同意他的话,不过从他身体的姿态,从他的沉默可以看出,他并不觉得老人对他讲的那些话有什么新奇,他早就反复思量过,而且比老人知道的多得多。

"老实说,那种幸福,我这辈子已经找过十来次了。"老人说着,不好意思地搔着后脑勺,"我找的地方没有错,可是大概碰上的都是经人念过咒的宝贝。我父亲也找过,我哥哥也找过,可是连影子都没有找着,结果没有得到幸福就死了。我哥哥伊里亚(如今他已经去世,祝他升天堂吧)受一个修士指点,说是在塔甘罗格的要塞里有个地方有三块石头,在那底下埋着宝贝,又说这宗宝贝经人念过咒,那当儿,我记得是三八年,在玛特威耶夫古陵附近住着一个亚美尼亚人,他卖符。伊里亚就买下符,带着两个小伙子,一齐到塔甘罗格去了。可是,老兄,他们走到塔甘罗格的要塞一瞧,不料那地方站着一个兵,手里拿着枪哩。"

在笼罩草原的宁静空气里传来一个响声。远处有个什么东西突然砰的一响,随后碰着石头,滚过草原,发出嗒嗒嗒嗒的声音。等到声音消失,老人就带着探问的神情瞧着呆站在那儿满不在乎的潘捷列。

"这是一个吊斗脱了环,掉进矿井里去了。"年轻的牧人想了一会儿说。

天已经亮了。银河黯淡,渐渐像雪那样融化,失去了轮廓。天空变得朦胧而混浊,谁也看不清那是万里无云呢,还是盖满了云,只有东方那一带明朗发光的鱼白色和某些地方残存的星星,才使人明白那是怎么回事。

清晨的头一阵微风无声无息,小心翼翼地拨动大戟草和去年杂草的棕色茎干,沿着大路掠过去了。

管事从沉思中清醒过来,摇了摇头。他用双手抖搂一下马鞍,摸了摸马肚带,仿佛下不了决心骑上马似的,又停下来沉思了。

"是啊,"他说,"你的胳膊肘倒是离你挺近,可就是咬不着它。……幸福是有的,可就是没有本事找着它。"

他扭过脸来对着牧人。他那严厉的脸上现出忧郁和讥诮的神色,就跟失意的人一样。

"是啊,人就这么白白地死了,始终没有看见幸福,没有看见它是什么样子……"他慢条斯理地说,抬起左脚踏上马镫,"年轻点的人也许还等得到那一天,我们呢,却应该丢开这些心思了。"

他摩挲着沾满露水的长唇髭,沉甸甸地骑到马背上,带着仿佛忘了一件什么东西或者有话还没有说完的样子,眯细眼睛看着远方。在淡蓝色的远方,在最后一个高冈跟大雾融成一片的地方,没有一样东西在活动。在地平线上和一望无际的草原上,这儿那儿耸立着一些作守望用的土台和坟丘,看上去严峻而死气沉

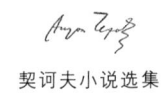

沉。它们凝滞不动和悄无声息的样子,使人感到时间的悠久和大自然对人的冷漠无情。哪怕再过一千年,死掉亿万的人,它们也仍旧会像从前那样立在那儿不动,一点也不怜惜死者,丝毫也不关心活人,谁也不会知道它们为什么立在那儿,它们包藏着草原的什么秘密。

醒过来的白嘴鸦一声不响,孤零零地分别在土地上空飞翔。这些长寿的鸟懒洋洋的飞翔也好,每天准时重来的清晨也好,草原的一望无涯也好,其中都看不出有什么意义。管事冷冷一笑,说:

"多么辽阔呀,求上帝保佑我们!你去找幸福吧,看你怎么找得着!这地方,"他压低喉咙,做出严肃的面容,接着说,"这地方准保藏着两份财宝。这两份财宝老爷们是不知道的,不过年老的农民,特别是兵,却知道得清清楚楚。这儿,在这个山冈上一个地方,"管事用马鞭往旁边一指,说,"很早很早以前有些强盗打劫过一队运黄金的人。黄金是从彼得堡运到彼得皇帝那儿去的,他正在沃罗涅日建立海军。强盗打死那些赶大车的,把黄金埋在地下,可是后来他们自己也找不到了。另一份财宝是我们的顿河哥萨克埋藏的。在一二年①,他们从法国人手里抢到许许多多各种金银财宝。他们在回家的路上听说官府要夺取他们的金银。他们这些好汉不甘心把财物白白缴给官府,就索性埋在地下,至少可以让子孙们得到,可是那些东西究竟埋在什么地方,就不得而知了。"

"这些财宝我听说过。"老人阴郁地嘟哝了一句。

"是啊,"潘捷列又沉思起来,"就是嘛。……"

接着是沉默。管事深思地瞧着远方,笑一笑,拉一下缰绳,仍旧现出仿佛忘了一件什么事或者有话没有说完的神情。那匹马不乐意地迈步走动了。潘捷列骑马走了一百步光景,坚决地摇一下头,从沉思中清醒过来,用鞭子抽一下马,那匹马就奔驰起来。

---

① 指1812年的俄法战争。

这儿只剩下两个牧人了。

"他是玛卡罗夫庄园上的潘捷列,"老人说,"他一年挣一百五十卢布,吃东家的伙食。他是个受过教育的人。……"

醒来的羊(它们一共有三千头上下)闲着没事做,不大乐意地吃着那些低矮的、被人踩倒的青草。太阳还没升上来,不过人已经可以看清所有的高冈,远处那个耸起尖顶的萨乌尔墓好像一朵云。如果爬上陵墓,就可以在那儿看见像天空一般平坦无边的平原,看见地主的庄园、日耳曼人和莫罗勘派①教徒的田庄、乡村。视力好的卡尔梅克人甚至可以瞧见城市和铁道上的火车。只有从那陵墓上,才可以看见世界上除了沉默的草原和古老的坟丘以外还有另外一种生活,那种生活是跟埋藏着的幸福以及绵羊的思想没有关系的。

---

① 从俄罗斯正教分离出来的一个教派,主张每个教徒都有独立解释《圣经》的权利,取消教会和祭司,反对举行仪式,提倡"自我修道",在家祈祷。

巫婆集

老人在身旁摸到他那根"牧杖",那是一根长木杖,顶上有一个钩。他站起来,思索着。在年轻的牧人脸上,那种孩子气的恐怖和好奇神情还没消散。他正处在他刚听到的故事的影响下,焦急地等着新的故事。

"老大爷,"他站起来,拿着自己的牧杖,问道,"你哥哥伊里亚怎么对付那个兵来着?"

老人没听清他问的话。他呆呆地瞧着年轻的牧人,努动着嘴唇回答说:

"我啊,山卡,一直在想那个兵在伊万诺夫卡村见到的字条。我有一句话没对潘捷列说,求上帝跟他同在吧,其实字条上写明了地方,那个地方就连娘们儿家都找得到。你知道那是什么地方?就在富饶谷,在山谷像鹅掌那样分出三条山沟的地方,在中间那条山沟里。"

"怎么,你去挖吗?"

"我打算去碰碰运气。……"

"老大爷,你找到了财宝,打算拿它怎么办呢?"

"我吗?"老人笑着说,"哼!……只要找着了,那我……我就叫大家都看看我的本事。……哼!……我知道该怎么办。……"

至于找到财宝后会拿它怎么办,老人答不上来了。今天早晨提到他面前来的问题他大概从未想到过,这还是生平第一次,不过,凭他那轻慢而淡漠的脸色看来,他并不觉得这个问题有什么要紧,值得去考虑。这时候,山卡的头脑里又生出一个疑团:为什么只有老人才找财宝?人间的幸福对这些每天都可能衰老得死掉的人究竟有什么用呢?可是山卡不能把这个疑团变成一个问题提出来,老人呢,对这个问题恐怕也是答不上来的。

巨大的红日出现了,四周围绕着淡淡的薄雾。宽条的阳光还带着凉意,倾注在沾着露水的青草上,向四周伸展开去,平铺在大地上,带着欢乐的样子,仿佛极力要证明它不厌烦它的工作似的。银白的蒿子、猪葱的蓝花、黄色的山芥菜、矢车菊合在一起,花团锦簇,把阳光化成它们自己的微笑了。

老人和山卡分开,站在这群羊的两头。两人站在那儿发呆,一动也不动,瞧着地下,思索着。老人没丢开有关幸福的想法,山卡呢,想着夜间他们讲的那些事。使他发生兴趣的倒不是幸福本身,那是他不需要,也不理解的,使他发生兴趣的是人间幸福那种离奇的、类似神话的性质。

有一百头羊惊跳起来,在一种不可理解的恐怖中,像是得了暗号似的,一齐从羊群里往旁边冲出去。一时间,山卡仿佛也受到羊的枯燥而郁闷的思想的感染,同样生出不可理解的兽性的恐怖,冲到一边去了,不过他立刻醒悟过来,叫道:

"呸,疯子!你们疯了,该死的!"

太阳开始烘烤大地,预示溽暑会来得很久,谁也阻挡不住,于是一切夜间活动和发出声音的活东西就都沉入半睡半醒的状态了。老人和山卡各自拄着牧杖,立在羊群两端,一动也不动,像是苦行僧在祷告。他们聚精会神地思索着。他们不再留意对方,各人生活在各人的生活里。那些羊也在思索。……

识别上方二维码

免费收听契诃夫小说精彩片段